Non perderai

Kate Hartman

~ Young Adult Love Series ~

Non mi perderai

CAPITOLO 1

I raggi del sole attraversavano la finestra sporca, illuminando gran parte della classe, dei banchi, degli studenti e della lavagna; mentre l'altra parte era illuminata dall'enorme lampada appesa al soffitto che non veniva mai spenta. Ero lì per l'ennesima volta, con la bocca aperta per far uscire il sospiro di rassegnazione e la stanchezza che solo un risveglio precoce può lasciarti addosso.

- Buongiorno, continuiamo la lezione di inglese oggi.

Davanti a me avevo il quaderno aperto, ogni riga della pagina era bianca e immacolata, in mano sentivo la matita, ma quel giorno ero io a non sentirmi affatto bene, per niente, le mie palpebre si stavano chiudendo; la sera prima non ero riuscita a dormire quanto avrei voluto e quel piccolo errore lo stavo pagando a caro prezzo.

L'insegnante iniziò a parlare ma non capivo una parola di quello che diceva. Cercai di aprire gli occhi e di fissarla, in modo che non mi avesse ripresa come già aveva fatto tante volte. Non sapevo esattamente cosa mi stesse succedendo, forse il problema era stato saltare la colazione, ma dovevo uscire di casa in fretta, non potevo stare lì un minuto di più. Insomma, tutta quella situazione per me non era di certo nuova, ma questo non significa che dovevo sopportarla.

- Professoressa, devo andare in bagno, mi scusi.

Mi alzai in piedi. Anche se avevo chiesto di andare in bagno, in realtà volevo solo uscire e respirare un po' d'aria fresca, sentire i miei passi andare e venire, come quei sospiri opprimenti che devono essere liberati se non si vuole avere la sensazione di soffocare. Proprio per questo ho sentito l'urgenza di allontanarmi. Mi sono alzata, ho aperto la porta e sono uscita nel corridoio del Colegio Leticia Blanca, la scuola dove ho sempre studiato. Ero al terzo piano e dovetti scendere molte scale per raggiungere il bagno. Quella scuola a volte sembra più grande di quello che è in realtà, ma sono qui da così tanto tempo che non ha più importanza. Per fortuna c'era una piccola fontanella al terzo piano. Il padiglione era pieno di aule suddivise fra due corridoi molto lunghi, e al centro di entrambi un piccolo androne portava di nuovo alle scale. Mentre camminavo mi sentivo un po' meglio, stavo davvero soffocando in quella classe, con i miei compagni e l'insegnante che continuava a parlare dello stesso argomento, ancora e ancora.

Quando raggiunsi la fontanella e sentii ogni goccia d'acqua scorrere lungo la mia lingua, raggiungendo la gola e rinfrescandomi, vidi Katherine salire. Katherine è la mia migliore amica praticamente da sempre. Ci siamo trovate quando eravamo piccole, mia madre e sua madre si conoscevano da un tempo che, per me, è molto difficile credere esistesse davvero nella realtà per quanto è lungo. E poiché siamo nate praticamente in contemporanea, siamo sempre state insieme. Posso dire che la nostra amicizia era inevitabile e ciò che è inevitabile non può mai essere spezzato; l'ho dimostrato a Katherine più e più volte. D'altra parte, ho sempre ammirato Katherine, la sua carnagione bianca è invidiabile e i suoi occhi azzurri non appaiono completamente blu ma hanno così tante sfumature che evocano il cielo nel suo massimo splendore, con tutte le meraviglie che offre, anche per gli scettici che non vedono oltre perché non vogliono.

Katherine stava arrivando e aveva un gran bel sorriso dipinto in faccia, cosa che effettivamente accade ogni volta che mi vede; questo, onestamente, mi riempie di molta gioia. Mi piace sapere che ci sono persone che sono felici della mia semplice presenza e una di queste persone è lei.

- Ciao! Cosa fai fuori dalla classe? Dovresti essere dentro.

- Sono venuta solo per prendere un po' d'acqua e respirare.

- L'insegnante non ti avrebbe fatto uscire con questa scusa, sai com'è la professoressa Linda, sembra che le giri sempre la popò.

- Lo so, è per questo che gli ho detto che sarei andata in bagno, quello non può certo negarmelo...

- Sì, ma... che hai fatto? Lo vedo che sei un po' pallida. Rilassati, continua a bere acqua, non gli dirò che ci siamo incontrate anche se probabilmente me lo chiederà. E ora è meglio che vada a lezione per ricevere i giusti rimproveri che mi spettano.

- Ma perché vieni a quest'ora? Entri alla seconda? - Chiesi. Katherine era in ritardo di un'ora, erano già le nove del mattino ma la lezione iniziava alle otto.

- Non sono riuscita a svegliarmi, non dirmi che non te lo eri immaginata già per conto tuo.

Katherine si mise a ridere e corse via, così da potersene andare in classe dagli altri e non aggravare ulteriormente il suo ritardo.

Ho sorriso sconsolata riprendendo a bere. Katherine me lo aveva visto in faccia, anche se non potevo e non volevo ammettere che dentro di me stava succedendo qualcosa di strano, mi sentivo davvero male, molto debole. Ho finito di perdere tempo di proposito e sono scesa al piano di sotto; a quel punto ho sentito un'ombra che mi passava accanto, come se mi avesse sfiorata un fantasma, qualcuno che non avevo mai visto prima e che non aveva ancora un volto. Ma fu solo una sensazione, un attimo: ero troppo concentrata sul mio malessere. Ho raggiunto il bagno, ho aperto la porta e ho visto sulla mia faccia la rappresentazione di quel malore che mi stava sopraffacendo. Mi sono sciacquata il viso e ho respirato profondamente per qualche secondo cercando di mantenere la calma. Nel frattempo, era entrata in bagno anche una tipa di un altro corso, abbiamo parlato per un po' e come per magia mi sono sentita meglio. Forse quel tipo di disturbo non dipendeva da alcun problema fisico, piuttosto da un certo disagio del cuore che ci avverte quando qualcosa non va e si manifesta in questo modo: gridando, chiedendo quell'aiuto che non abbiamo voluto dargli.

Sono tornata in classe e la professoressa Linda mi ha chiesto:

- Perché ci hai messo tanto, mia cara? Ah... Ma guardati, stai bene?

- Sì, sto bene, ho solo un po' di vertigini, tutto qui.

- Ragazzi, tornate al vostro posto, per favore.

Prima che mi sedessi, lei continuò.

- Come dicevo, questo sarà il vostro nuovo compagno, Evan.

Tutti alzarono la mano all'unisono per salutarlo. Anche Evan fece la stessa cosa, anche se sembrava un po' timido. Ho avuto la sensazione di averlo già visto prima, e quando si è seduto, è stato allora che l'ultimo pezzo del puzzle è andato al suo posto.

- *Certo...*

Era quello che avevo visto passare sulle scale, quell'ombra... Mi sono detta.

Katherine era dietro di me. La lezione è continuata per pochi minuti finché finalmente non suonò la campanella. Era l'ultima lezione del giorno per fortuna, ma allo stesso tempo era un po' una seccatura per me perché non volevo tornare a casa, non mi sentivo abbastanza forte per farmi tutta la strada che mi aspettava ma soprattutto per affrontare lei: *the monster*. Mi sono girata verso Katherine e lei ha sorriso, era pronta a ripartire.

Katherine ha sempre avuto quell'energia estroversa che fa venire voglia a chiunque di uscire e di divertirsi per una notte intera. Dopo il suono della campanella aprimmo i nostri zaini, alcuni se ne andarono in fretta, compreso Evan, io ero sempre l'ultima anche se almeno lei spesso mi aspettava.

Mentre mettevo i miei quaderni e le matite nella borsa, Katherine ha iniziato:

- Cosa vogliamo organizzare per oggi? So che non vuoi tornare a casa, ma non preoccuparti. Anzi, forse è meglio che tua madre non veda quella tua faccia in questo momento.

- Non lo so, davvero, mi gira ancora un po' la testa.

- Quello che ti serve è uscire da qui, questo corso ti sta distruggendo. Non è la prima volta che ti vedo con quel muso smorto. Ti sentirai meglio quando uscirai, vedrai. Magari possiamo andare al centro commerciale, prendere un gelato e poi ti accompagno a casa, ok?

Tutti i miei dubbi a riguardo scomparvero quando Katherine pronunciò la parolina magica di quella proposta super allettante: gelato. E poi, se era bastata una conversazione nei bagni di scuola con una persona piacevole a farmi riprendere, sapevo che tutto sarebbe andato meglio quando me ne fossi andata da lì in compagnia della mia migliore amica.

- Okay, mi hai convinta - ho detto con un sorriso, - Andiamo.

- Arrivederci prof! - disse Katherine.

- Ciao, ragazze! Non dimenticate i compiti!

Mentre uscivamo dalla stanza, quando l'insegnante non poteva sentirci, Katherine aggiunse:

- *Spero* di non dimenticarli - Poi sorrise maliziosamente.

Scendemmo entrambe. I tre livelli dell'edificio scolastico erano esattamente identici, tre fotocopie, la monotonia che li dominava era a volte insopportabile. Raggiungemmo il piano terra facendoci largo a gomitate, altri corsi terminavano nello stesso momento e c'erano una marea di ragazzi. Stavo soffocando di nuovo, avrei voluto avvertire la mia amica che avevo bisogno di correre nella direzione opposta, al riparo dalla folla, volevo dirle che l'avrei aspettata fuori ma lei mi prese la mano non dandomi scelta, insinuando che non mi avrebbe lasciata andare da nessuna parte se non in sua compagnia.

Katherine aveva bisogno di prendere dei documenti in segreteria, non ci sarebbe voluto molto. Quindi mi fermai all'ingresso godendomi il quadretto composto della segretaria, con la sua espressione seria e molto concentrata sul suo lavoro, più due insegnanti che bevevano caffè e parlavano tra loro, e infine Katherine... che implorava per i documenti di cui aveva tanto bisogno. Alla fine, mi sono seduta accertando, stavolta in modo definitivo, che mi sentivo molto meglio. Merito della presenza della mia migliore amica, o comunque, di chi mi vuole bene. A volte è quella la migliore di tutte le medicine.

Katherine mi prese ancora la mano senza che me ne accorgessi per quanto ero distratta, così ci precipitammo giù per il corridoio, attraverso l'androne principale della scuola attraversammo l'ingresso, rallentando soltanto a ridosso della fermata degli autobus dove esplodemmo in una stupida risata infantile. Il mio liceo era lontano da casa, in una zona periferica dove a fare da sfondo si ergevano meravigliose montagne. Questo ha attirato la mia attenzione nel momento dell'iscrizione perché il panorama era bellissimo, e il tramonto, nei giorni in cui tornavo a casa a piedi era il minuto più piacevole di tutte quelle giornate che spesso non volevo nemmeno iniziare.

Vedendo che l'autobus non arrivava, comprammo delle caramelle e tornammo a sederci pazienti alla fermata.

- Oggi ci fermiamo prima per andare al centro commerciale, e poi da quella fermata possiamo prendere un autobus che ci porta direttamente nel nostro quartiere.

- Sì, proprio così. Sinceramente mi piacciono questi progetti dopo la scuola.

- Tu li ami, lo so bene, anche se non vuoi mai ammetterlo.

- Lo so... Oggi è proprio una giornataccia.

- Ma perché? Che cosa è successo? - ha chiesto.

- Sai no? I soliti casini...

- Sempre la stessa storia? - Ha chiesto: - Mi dispiace tanto che tu stia passando tutto questo, sai che odio quando ti succedono cose del genere, dovresti vivere in pace, non in un campo di guerra.

- A parte questo, non ho fatto colazione neanche oggi. E sicuramente dipenderà anche da quello.

In quel momento Katherine mi guardò con rabbia. Ha sempre avuto una sorta di istinto materno e non ha mai smesso di preoccuparsi per me.

- Cosa? Perché no? Non puoi farti questo, Clare. Anche se posso capire che in queste circostanze non si voglia mangiare, è necessario; si finisce per svenire se si salta perennemente la colazione.

Stavo per rispondere ma finalmente arrivò l'autobus, dando il modo a Katherine di continuare imperterrita.

- Quando arriviamo al centro commerciale, prima di mangiare il gelato, visto che potrebbe essere anche peggio per te ingurgitare solo ed esclusivamente zuccheri... mangeremo qualcosa di nutriente e finalmente farai la tua dannata colazione. Spero che questa sia l'ultima volta che salti il fottuto pasto più importante della giornata - Mi guardò severamente, ma nel profondo lo faceva per amore.

- Va bene mammina! Scusa tanto!

Rideremo insieme salendo a bordo, mostrando all'autista i nostri abbonamenti prima di prendere posto insieme. Katherine lasciò a me il sedile accanto al finestrino, da dove si vedeva il bellissimo panorama che si può ammirare dalla strada che costeggia le montagne prima di arrivare in città.

Il bus è partito e abbiamo lasciato la scuola. Da quando frequento questo liceo ho sempre amato i colori che potevo osservare attraverso la finestra, erano una combinazione di sfumature che non avevo mai rivisto altrove; migliaia di colori che esprimevano tranquillità e calma sullo sfondo delle montagne, quel panorama era capace di portare un po' di pace nel mio cuore.

Arrivammo alla fermata di cui Katherine aveva parlato, scendemmo entrambe dal trasporto e cominciammo a camminare verso il Mall. Non era la prima volta che venivamo qui, ho smesso di contarle molto tempo fa, ma era un buon posto per distrarci e parlare, cosa che probabilmente non avremmo potuto fare altrove. Katherine voleva portarmi a mangiare qualcos'altro prima perché non avevo fatto colazione, ma l'ho convinta a recarci subito in gelateria, infatti era aperta e non affollata, impossibile non approfittarne.

- Per favore, voglio questo gelato alla fragola e per Clare, uno al cioccolato.

Lei sapeva quali erano i miei gusti preferiti, si capiva che mi conosceva meglio di chiunque altro, anche più della mia famiglia. Il gelato fu servito, così ci sedemmo agli ultimi tavoli di quel locale così tanto familiare.

- Dimmi - disse Katherine, - Cosa è successo esattamente oggi?

- Sai, sempre la solita palla. Non è stato il Timer a svegliarmi, ma mia madre, con le sue urla e le sue imprecazioni dalla cucina. Nello stesso momento, mio fratello correva per casa con la grazia di un elefante.

- Sempre uguale, eh? - ha chiesto.

- Sì, mi chiede di continuo quando capirò che questa non è una vita vera e propria, che non posso essere indifferente o escludere a prescindere la presenza di Dio nel mio spirito, e bla bla bla. Sai come fa, no?

- Qualsiasi cosa mi dici non mi sorprende più, e poi passate un sacco di tempo rintanate nella stessa casa.

- Sì, anche troppo per i miei gusti. Ieri sono passati alcuni suoi conoscenti; ero alla porta a sentire tutto. Sta cercando un convento per mandarmici dopo il liceo. E vuole costringermi perché, in fondo, vivo in casa sua.

- La sua religione è più importante per lei di quanto lo sia tu, vero?

- Sì, sembra di sì. Allo stesso tempo ha accennato, non solo oggi ma più volte di quante ne ricordi, che se non voglio fare quello che dice, posso anche andarmene di casa e non tornare mai più.

- Trovo incredibile, onestamente, come si possa mettere un credo al di sopra della propria figlia.

- Dillo a me! - E ho sorriso in modo sarcastico – Purtroppo sono abituata a questo genere di cose.

- Sì, lo so molto bene, ed è proprio questo che mi spaventa, perché, come vedi, stai mettendo in pericolo la tua salute.

- Ho soltanto saltato la colazione, non preoccuparti, non morirò per questo.

Non avevo molta fame, che devo farci? Sapevo che non avrei rischiato la vita per un paio di muffin in meno.

- Anche se oggi non vuoi mangiare altro che questi gelati, spero che non accada più - rispose.

- Non preoccuparti, *non succederà più*, te lo prometto.

Continuammo a parlare di altre cose e mi venne subito in mente una strana idea, qualcosa che dovevo chiedergli, perché lentamente nascevano dei sospetti e una strana idea sul nuovo ragazzo della classe.

- Katherine... Conosci quel ragazzo?

- Quale? Quello nuovo?

- Sì, Evan. Oggi, mentre andavo in bagno l'ho visto passare, scendere le scale, e ha un aspetto... strano. Non voglio dire che si veste male, no, non è questo, è solo che mi ha dato una strana sensazione che non so come spiegare.

- Pensi che sia carino? - chiese con un pizzico di malizia.

- No, non volevo dire neppure questo, idiota! Ho pensato solo che... Non lo so, ma lo conosci?

- No, mai visto. A quanto pare vive nel nostro stesso quartiere, ma non l'ho mai sentito nominare. Comunque, lo scoprirò domani e ti farò sapere, ok? Sai che sono molto brava a fare ricerche.

Ho annuito. Abbiamo finito il gelato e quando abbiamo visto l'ora ci siamo dirette rapidamente verso l'autobus che ci avrebbe portato nel nostro quartiere. Una volta mi sembrava enorme, ma ormai ero talmente abituata a viverci che è diventato un posto straordinariamente normale e piccolo; anzi, ormai mi dà persino malinconia. Fortunatamente avevo Katherine, che con le sue spiritosaggini rende tutta questa monotonia molto più sostenibile e sopportabile.

Abbiamo camminato per due isolati sotto alcuni alberi enormi che ci hanno protette dal sole. Finché a un certo punto, io ho attraversato a destra e Katherine ha proseguito a sinistra, dove ci siamo salutate. Dirigendomi verso casa mia che nonostante i problemi era molto grande e bella, ad ogni passo che facevo sentivo le urla di mia madre echeggiare fin oltre la finestra della cucina e sapevo che, varcando quella porta, sarei tornata all'inferno a cui ero abituata.

Non avevo la minima idea di quando le cose sarebbero potute cambiare per me. Fin da quando ero bambina è sempre stato così. Ho ricordi molto vaghi, ma la maggior parte del tempo lo trascorrevo in chiesa, in incontri religiosi con sconosciuti e con alcuni bambini che non mi accettavano, che mi guardavano con disprezzo, come se non avrei mai potuto entrare in sintonia con loro. Mia madre ha sempre avuto l'impulso e il desiderio di inclinarmi verso quella vita religiosa di cui tanto godeva, ma io non potevo trarne beneficio in alcun modo. Così, come ricordo questi episodi in chiesa, ricordo anche di aver passato molti momenti a piangere nella mia stanza, chiedendomi se ci fosse qualcosa che non andava in me, se fossi sbagliata. Cosa che la mia stessa madre si impegnava a farmi credere. Una volta cresciuta, avevo circa quattordici anni, ho avuto il coraggio di dire di no a molte delle sue richieste; così facendo lei è diventata una iena; era impaziente, scioccata, non riusciva a credere che potessi oppormi alla sua volontà, era come rifiutare lei, la mia stessa madre. Ho passato molti giorni senza lasciare la mia stanza, in punizione, costretta a pregare. Per poter dormire tranquillamente chiudevo gli occhi e mi convincevo di aver fatto il mio dovere, anche se nel profondo non è mai stato così. Ma il suo livello di cattiveria è aumentato quando ho osato mettere in discussione un passo della Bibbia; per lei, fu quello il peggior peccato che potessi commettere. Se da un lato non potevo sentirmi libera di prendere le mie decisioni e di avere una mia mentalità, dall'altra volevo solo vivere una vita normale, dove non era ammissibile sopportare urla per qualsiasi cosa, o essere costretti ad accettare cose che semplicemente non volevo, non sentivo mie. Sì, decisamente avevo attraversato molti momenti insopportabili nella mia infanzia.

Chiudendo la porta di casa ho sentito la voce di mia madre che mi chiedeva se fossi io. Sono andata subito in camera mia e ho chiuso a chiave, non volevo pensare a nulla. E prima che lei mi chiamasse per ripetere la stessa e solita predica, sono andata a letto e ho chiuso gli occhi, immergendomi nel ricordo della giornata divertente che avevo avuto con Katherine, in modo da poter sprofondare nei sogni e trovare un po' di pace.

CAPITOLO 2

Il giorno dopo stavo mettendo a posto le mie cose, la lezione di fisica era finita. Anche se ero molto brava in fisica non ho prestato attenzione quella volta, ero ancora un po' stanca nonostante stessi molto meglio; forse mi sentivo solo un po' annoiata. Non ho visto Katherine durante la lezione e ho pensato che fosse di nuovo rimasta a letto, il che non mi avrebbe sorpresa affatto. Ho finito di fare lo zaino e una compagna di classe, Mary, mi ha restituito un quaderno ringraziandomi molto perché ha sempre avuto problemi con questa materia. L'ho sempre aiutata, anzi, non ho mai avuto problemi ad aiutare nessuno. Sono arrivata a pensare che il mio cuore sia più nobile e buono di quanto dovrebbe essere, ma questo non si può controllare.

Sono stata l'ultima a lasciare l'aula, non ho salutato l'insegnante perché era sempre troppo concentrata su quel registro e raramente diceva un – Ciao – agli studenti; immaginai che anche lei fosse stanca e sopraffatta proprio come la maggior parte di noi. Ho lasciato la porta aperta e quando sono uscita dalla stanza mi sono presa un tremendo spavento.

- Katherine! Cosa ci fai qui? - Chiesi, ancora spaventata.

- Che cosa ci faccio qui? Ricordati che io-studio-qui. Oggi non sono entrata affatto, sai che non mi piace questo corso.

- Sì, lo supponevo, anzi no! Credevo che ancora una volta non ti fossi neppure alzata dal letto.

- Anche, anche! Ma nonostante sia venuta lo stesso, ho deciso di restare fuori. Avevo delle cose su cui indagare.

Sapevo cosa voleva dire. La prossima lezione sarebbe stata tra due ore. A volte odiavo avere così tanto tempo libero, soprattutto quando Katherine non veniva e non mi andava di parlare con nessun altro.

- Quali cose...? Quali cose? - Chiesi facendo finta di cascare dal pero.

Tuttavia, non rispose. Mi afferrò il braccio e ci precipitammo di sotto, eravamo al secondo piano. Siamo scese per le scale, abbiamo superato i bagni, siamo salite su una piccola rampa circondata da alberi e fiori bellissimi, ed anche se non mi piaceva molto quel liceo, devo ammettere che aveva il suo fascino. E così siamo arrivate alla mensa che, tra gli altri servizi di ristorazione, ospitava anche una grande caffetteria.

- Che ti prendi? - Chiese Katherine.

- Oggi mi ispira la pizza, e prima che tu me lo chieda, sì, ho fatto colazione.

- Eccezionale perché abbiamo molto di cui parlare.

Non sapevo bene cosa intendesse, quindi ho accettato. Katherine ha ordinato un paio di pizze a portar via; entrambe amavamo la pizza ma la sala da pranzo era piena di gente e non sarebbe stato un buon posto per parlare. Così abbiamo preso i cartoni pieni e fumanti, le bibite, e siamo andate a piedi fino al retro del liceo, lì c'è un enorme giardino e diversi alberi dove molte persone si siedono e parlano in pace, senza alcun fattore disturbante nei paraggi. Uno degli alberi era solo soletto, così siamo andate a sederci ai piedi del suo tronco, sull'erba fresca, abbiamo aperto le pizze e finalmente iniziato a mangiare.

- Quanto è buona! Sai quanto amo la pizza, vero? La adoro. Oggi ho una fame da lupi, mi dispiace, ma stavolta sono stata io ad uscire senza colazione. Spero di non avere la faccia bianca cadaverica e di non sembrare sul punto di svenire, come qualcuno ieri...

- No, non hai per niente quell'aspetto -, ho risposto con un tono buffo. - Ora dimmi però, cosa intendevi con "indagare"?

- Beh, non sono entrata in classe, come avrai notato. Tuttavia, sono arrivata presto, e quando ho scoperto che oggi c'era lezione di fisica, cosa che avevo completamente rimosso, ho deciso di fare una passeggiata, parlare con le ragazze e fare ricerche su un certo nuovo compagno.

- Seriamente? - Ho chiesto.

- Quando è arrivato, ieri, ho notato che stava già parlando con alcune di loro. *Sai che mi vogliono bene,* così mi hanno detto un sacco di cose; sono molto entusiaste di lui. Come avrai notato... è un bel ragazzo, non si può negare.

- Non così bello, non esagerare.

- Certo, continua a fare la splendida, Clare, sei sempre stata una ragazza difficile.

Ho sorriso maliziosa, anche se non ero del tutto d'accordo con lei.

- Comunque, stavo parlando con loro e mi hanno detto un sacco di cose su di lui. Un tipo poi, lo conosceva già sin da quand'erano piccoli e mi ha raccontato molto della sua vita; lì ho capito perché è risultato invisibile persino nel nostro quartiere.

Katherine mi ha raccontato tutto quello che sapeva. Evan ha la nostra stessa età e ha vissuto tutta la vita nel quartiere, vicino ad alcune ville enormi, quelle case che solo un milionario potrebbe permettersi. Fa parte di una famiglia benestante e quando ho sentito questo, ho pensato che fosse solo un altro del gruppo dei fighetti, ma non lo era. Katherine ha detto che in realtà lui ha sempre vissuto in condizioni pessime e si è trasferito un paio di volte, da solo, ma è dovuto tornare a casa perché i soldi non gli bastavano mai.

La sua famiglia non è solo piena di soldi, ma anche di successo. Il padre è un contabile, ben noto nella sua cerchia, la madre è un'amministratrice e la coppia è proprietaria di alcune aziende che hanno avuto molto successo nel corso degli anni. A causa di questo sono diventati molto avidi e severi quando hanno avuto il loro unico figlio, Evan, ed essendo l'unico figlio, hanno sentito di portare un grosso peso sulle spalle; forse, con un fratello la pressione sarebbe stata minore, o non sarebbe esistita affatto. I primi anni di Evan sono stati molto felici, esattamente come un bambino può desiderare la sua infanzia. Tuttavia, quando è cresciuto le cose sono cambiate e il padre ha cominciato a notare che Evan non aveva le stesse inclinazioni intellettuali di lui, infatti, aveva sempre voti bassi e non era ispirato dalla scuola, mai. Quando il padre se ne accorse, la pressione fu molto più forte: *Cosa farai della tua vita?* - Queste erano le classiche domande alle quali Evan evitava sempre di rispondere, e l'assenza di tale risposta rendeva suo padre ancora più furioso. La madre non si intrometteva più di tanto per non correre il rischio di restarne turbata, o di litigare col marito.

Evan è scappato di casa molte volte facendo cose illegali che lo hanno portato persino in prigione, e quando ha visto suo padre lì, che era andato a cercarlo, si è scatenato definitivamente il suo inferno personale. Fino ad allora era stato tenuto in casa era perché apparteneva alla famiglia, anche se nel profondo il padre voleva buttarlo fuori e non vederlo mai più; è questo il classico tipo di insensata ipocrisia familiare che vivrà sempre in fondo a ogni società. Evan non avrebbe voluto, ma sentiva una catena invisibile che lo legava al padre. Da ragazzino poi, ebbe anche una certa predisposizione all'arte, per un po' di tempo aveva sfogato la frustrazione facendo disegni incredibili che voleva esporre, ma un giorno il padre ha detto una cosa che ha spinto il ragazzo a dar fuoco a tutti i suoi disegni, compreso il suo talento, che così andarono bruciati: - *Non studierai qualcosa che ti farà morire di fame.* A questo punto, tutto ciò che interessava ad Evan era fare soldi, rimettersi in sesto, e finalmente andarsene e poter ricominciare, ma di certo non voleva ritrovarsi a dover decidere tra il morire di fame da solo o mangiare e vivere con la sua famiglia.

Per questo motivo non usciva mai di casa, non si vedeva mai nel quartiere; pochissime persone lo incontravano, ma tanto stress, cambiamenti di scuola e problemi con il padre, lo avevano schiacciato tanto che, a un certo punto, divenne irriconoscibile. Non era Evan, era il figlio di un padre ricco, e nient'altro. Così la vita di Evan continuò, con così tanti problemi da affrontare a casa. Onestamente, quando ho sentito questo, anche se le nostre vite erano un po' diverse, ho provato molta compassione ed empatia perché anch'io vivevo all'inferno; beh, a modo mio. Katherine ha anche detto che questa sarebbe stata l'ultima scuola in cui lo avrebbero spostato, anche questa era una minaccia di suo padre.

Stavo masticando l'ultimo pezzo di pizza, quando ho lasciato l'altra metà nella scatola.

- Stupefacente...

- È vero, avevo la stessa espressione che hai tu adesso. Ho subito pensato che fosse una persona piuttosto interessante, nonostante tutto. A volte può sembrare un po' noioso incontrare una persona normale; anche se, non voglio romanticizzare ciò che non dovrei, forse questo Evan è qualcuno, davvero, molto problematico e sarebbe meglio stargli lontano.

In quell'istante, la stessa ombra che ho sentito ieri quando mi è passata accanto, l'ho sentita molto vicina. Katherine ha visto la mia espressione e ha capito che qualcosa mi disturbava, così ha alzato lo sguardo. Qualcuno era dietro di me; il mio cuore cominciò a battere veloce e incontrollabilmente finché le parole di Katherine mi tranquillizzarono rompendo quel momento di impasse.

- Tu sei Evan, giusto? - Chiese.

In quel momento, Evan si è seduto davanti a noi e ho potuto vedere molto meglio il suo aspetto. Avrei dovuto ammettere che fosse una persona attraente, ma aveva una bellezza particolare, una di quelle indimenticabili che si incontrano solo due, forse tre volte nella vita. I suoi capelli erano mossi e di un rosso ramato scuro che faceva brillare al sole tutti i suoi riccioli, aveva poi due grandi occhi verdi, color mare d'inverno, era alto e molto atletico anche se il

suo abbigliamento semplice e forse anche un po'
povero, non valorizzava a pieno quel bel fisico che
di certo nascondeva sotto. Ero nervosa per la sua
intromissione, però mi sono calmata subito quando
lui ha cominciato a parlare.

- Sì, sono Evan. È un piacere conoscerti, scusa se
mi presento all'improvviso, credo di averti
spaventata, sei...?

- Sono Clare, piacere di conoscerti.

- Bene è un piacere molto reciproco vedo, Clare.
E a te... ti ho vista ieri, sei Katherine, giusto?

- Proprio così, Evan. Come mai eri nei paraggi?
Pensavamo di essere sole qui.

- Mi ero messo seduto a un angolo della mensa,
soffocavo con tutte le persone in sala da pranzo,
quindi ho iniziato a camminare finché non ho
trovato questo posticino tranquillo.

- Sì, è certamente un posto appartato, per questo
ho portato qui Clare a mangiare, sperando che
nessuno ci disturbasse.

- Ops, allora spero di non avervi disturbate io.

- Ma no, non preoccuparti, non l'hai fatto, stavamo giusto finendo. Ma dimmi, come ti sei ritrovato al Colegio Leticia Blanca?

La domanda di Katherine mi sorprese, ma ho capito la sua intenzione; voleva solo controllare che tutto quello che dicevano le altre ragazze fosse vero. Quindi Evan ha iniziato a parlare.

- Beh... Mio padre di solito è una gran seccatura, ho avuto molti problemi nel mio vecchio liceo e quindi ha deciso di minacciarmi tipo: "Se non migliori il tuo comportamento neanche questa volta, non tornerai mai più a scuola".

- Sei un cattivo ragazzo, o qualcosa del genere? - Ho chiesto con grande imbarazzo. *Che razza di domanda era???*

- No, non lo sono, per niente. Spero di non darvi questa impressione, è solo che... Non sono molto bravo negli studi, sono più bravo in altre cose, ma mio padre non vuole capire. Abbiamo tutti dei problemi familiari, non è vero?

- Clare ha una madre molto religiosa e la infastidisce sempre. Invece... La mia vita è molto semplice.

- Forse il tuo problema è che non hai neppure un problema, - disse Evan sorridendo.

- Probabile che sia così -, rispose Katherine, - E a volte penso che questo sia peggio; a volte c'è bisogno di un po' di dramma nella mia vita.

- Sì, un po' di dramma è necessario, altrimenti questa vita sarebbe molto pallosa. - Avete sempre studiato qui?

- Sì -, dissi - da quando ho memoria.

- Comunque, ho fatto un giro dentro al liceo ed è bellissimo, mi è piaciuto molto, finora.

Katherine rispose in modo sarcastico:

- Non preoccuparti, tra qualche giorno lo odierai.

- Non credere a Katherine, è sempre in ritardo e detesta la scuola. Secondo me hai ragione, questo liceo è davvero bello.

- Lo so, l'ho notato. Bene, ragazze, non voglio più disturbarvi. La prossima lezione è tra pochi minuti, quindi è meglio che vada. A presto!

Ci siamo salutati senza più parlare fino a quando non è scomparso dalla nostra visuale. Privandoci della vista di quelle spalle mozzafiato.

- Penso che stia nascondendo qualcos'altro, non solo quello di cui abbiamo appena parlato, intendo... deve avere qualche altro problema che lo tormenta, oltre a suo padre. - disse Katherine.

- Non lo so, forse no. Non riesco proprio a immaginarlo, ma devo ammettere che è più bello di quanto credevo.

- Sì, è molto molto cool, nonostante tutto. È molto misterioso.

- Giusto, proprio un mistero.

Suonò la campanella e corremmo in classe prima che finissero i posti a sedere. Anche se stavamo andando al corso di storia sapevo che mi sarei di certo distratta da tutto quello che avrebbe detto l'insegnante, infatti, passai tutto il tempo a rimuginare su quello che mi aveva raccontato Katherine e su quel poco che ci eravamo detti con Evan.

Katherine aveva ragione, lui era certamente un mistero.

CAPITOLO 3

Nel prendere l'ultimo quaderno dal banco, un pezzo di carta mi è caduto sul pavimento. Ero incuriosita e allo stesso tempo turbata perché sicuramente qualcuno aveva toccato le mie cose quando ero andata in bagno subito dopo la lezione. Sono sempre stata l'ultima a lasciare la classe, non ho mai avuto, non ho, e di certo non avrò mai... fretta di uscire di qui. Mentre prendevo quel pezzo di carta ho letto il messaggio che c'era scritto sopra:

«Clare, mi piaci.»

Distolsi lo sguardo in segno di disgusto; non so quante volte avevo ricevuto messaggi e segnali di quel tipo. Non era nemmeno la prima volta che qualcuno mi dichiarava il suo pseudo-amore. Qualche settimana prima ho ricevuto un messaggio sul mio telefono, insieme a delle rose che erano davanti alla mia porta di casa: «Sono innamorato di te, Clare, dei tuoi bellissimi occhi». Ma questi messaggi non erano mai accompagnati da nessun nome a chiarire chi li avesse scritti.

Ho accartocciato quel pezzo di carta, l'ho buttato nel cestino, ho preso la mia borsa e finalmente sono uscita dalla classe. Non avevo visto Katherine per tutto il giorno, a nessuno dei corsi. Me ne andai presto, però mi dispiaceva non averla intorno; era sempre divertente, era rilassante parlare con qualcuno specialmente con lei. Comunque avevo molta fame, così sono andata in pizzeria, ho ordinato una piccola pizza per poi tornare nello stesso posto dove eravamo stati il giorno prima, dove abbiamo parlato della vita di Evan.

Quando ho pensato a Evan ho sentito uno strano brivido nel cuore, quel sapore agrodolce, quel mistero che non poteva essere svelato. Una volta seduta sotto l'albero, ho notato che c'erano pochissime persone intorno a me. Dovevo studiare per l'esame di inglese, quindi anche senza Katherine in giro avevo comunque delle cose da fare. Ho finito di mangiare in venti minuti e ho aperto il mio quaderno per iniziare a leggere, ma dopo qualche minuto ho iniziato a sentire la sua presenza. Katherine è una persona che irradia un'energia difficile da definire e quando è nei paraggi, stai certo che te ne accorgi.

- Ciao! Ho altre notizie per te.

Sì, Katherine aveva fatto molte più ricerche su Evan. Anche se pensavo che lui fosse in realtà molto timido, in pochi giorni era riuscito a parlare con molte persone lì a scuola, e molte persone lo conoscevano già bene, troppo bene, oserei dire.

- Posso immaginare, vieni, siediti vicino a me e comincia a parlare, so che muori dalla voglia di farlo. Mi dispiace di non averti lasciato un pezzo di pizza.

- Sei molto carina, Clare, troppo, ma non preoccuparti, ho mangiato un sacco prima di venire. Ho parlato con più gente per saperne di più sul conto di Evan, non ti è sembrato che ieri si comportasse in modo impacciato?

- Sì, era un po' timido.

- Lo penso anch'io, anche se probabilmente è stato solo molto educato o roba simile. Oggi ero con il gruppo di ragazze che già mi avevano parlato di lui. Qualche minuto dopo è arrivato il diretto interessato. È stato piuttosto strano vedere quella scena, si capiva che stavano tutte morendo per lui. Proprio come alcuni ragazzi del corso di inglese stanno morendo per te.

Ho fatto un gesto di disapprovazione.

- Andiamo, Clare, non mi dirai che non ti piace sapere che qualcuno ti considera una specie di dea.

- Oggi ho trovato un foglietto nel mio quaderno, un altro.

- Sono sicura che è stato Mark. Mark mi ha detto molto tempo fa che era innamorato di te, e anche se gli ho risposto che tu invece non lo sei e che non hai alcun interesse per lui, sembra che non si sia mai arreso e continua a parlarmi di te di tanto in tanto.

- Non mi sorprende.

- Neanche a me, sappiamo come sono fatti, no? Non c'è modo che rinuncino alla speranza. Ad ogni modo sono ragazzi innocui, a un certo punto si stancheranno, proprio come si sono stancati di me quando finalmente hanno capito che non avrei mai prestato loro attenzione. Ma, non volevo parlare di questo, oggi ho scoperto qualcos'altro, forse il segreto che Evan nasconde.

Quando l'ha detto ho sentito un po' di mal di stomaco. Anche se non volevo ammetterlo, morivo dalla voglia di sapere qual era il segreto che Evan celava. Così. Katherine ha iniziato la sua storia.

Anche se Evan non riceveva soldi da suo padre, aveva i suoi metodi per farli, durante la notte, scappando di casa.

- Hai mai sentito strani rumori sulle montagne dietro il quartiere? Molto vicino a casa tua? - Chiese Katherine.

In quel momento tutto acquisì un senso nuovo. Katherine disse che il modo in cui Evan faceva i soldi per mantenersi e per comprare più o meno tutto quello che voleva, lo aveva trovato lì, proprio su quelle montagne. Evan gestiva corse automobilistiche illegali.

- Cosa?? Ma da quando? - Chiesi.

Katherine non sapeva bene quando aveva iniziato questo genere di cose illecite, ma disse che è per questo che una volta era finito in prigione. Quando suo padre andò a cercarlo e lo scoprì, ovviamente si infuriò. Ora le ragioni dell'odio e della delusione che provava suo padre avevano molto più senso per me. Evan provò molto a giustificare ciò che aveva fatto, ma lui non ha mai voluto sentire ragioni. In quel periodo Evan non poteva uscire di casa ed era sorvegliato per tutto il tempo. Tuttavia, sentiva di dover fare qualcosa, perché non poteva morire di fame, perché doveva andare avanti, con o senza il sostegno di suo padre.

Evan aveva scoperto che la montagna dietro il quartiere era praticamente abbandonata e la polizia non andava in giro per quei posti. Si diceva che i fantasmi comparissero, tra le altre voci che gli anziani inventano per non annoiarsi nelle loro vite di routine, ma Evan non aveva paura di questo. Per questi motivi aveva scelto quella zona di montagna, oltre al fatto che era molto grande, tanto da oscurare il suono della gente e delle auto veloci che gareggiavano per soldi. È iniziato tutto qualche mese fa. Una volta al mese organizza queste gare con dei contatti che aveva già prima di andare in prigione, e con i quali si era tenuto appunto in contatto. Naturalmente, quelle persone vivevano ai margini, non si interessavano minimamente di ciò che era legale o illegale; il denaro era l'unica cosa importante per loro e quando Evan apparve ancora una volta dopo la sua assenza forzata quelle gare ricominciarono. Per questo, una volta al mese si recavano in quei posti. I concorrenti offrono una certa quantità di denaro, il vincitore prende tutto, ma deve dare una percentuale all'organizzatore, cioè Evan.

- Non avrei mai pensato che Evan fosse coinvolto in queste cose, l'hanno mai più preso?

- No, mai più. Parlava e si vantava molto delle corse che fa, delle grandi gare che solo lui può organizzare e invitava molte persone a pagare il biglietto, soldi che lui si tiene in tasca, ovviamente. Inoltre, sa che il nostro quartiere è molto sicuro, la polizia ha smesso di preoccuparsene molto tempo fa.

- È il posto giusto per farlo, letteralmente il posto migliore che poteva scegliere, - risposi.

- Esattamente.

- Sinceramente, non so cosa pensare. Non sosterrei questo genere di cose, ma si vede che ha avuto una vita difficile, è una di quelle persone che nessuno ha mai capito e sta cercando di uscire dalla fossa in cui si trova, in un modo o nell'altro.

- Hai ragione, tuttavia, non riesco a giustificarlo, ciò che fa è comunque illegale.

Katherine aveva ragione, era illegale. Tuttavia, c'era qualcos'altro in quella storia, Katherine aveva altro da dirmi, e questo avrebbe cambiato il modo in cui vedevo quello che Evan stava facendo. Non volevo discolparlo, però... Nelle sue azioni c'era anche qualcosa di nobile; capii che, e l'immagine timida di Evan forse lo dimostrava, dentro di lui c'era un grande cuore e che stava facendo tutto per una buona causa, per riscattarsi dalla famiglia che lo aveva tanto rifiutato.

- La madre di Evan non vive con lui, è in ospedale da diversi mesi. Ha avuto un incidente d'auto molto tempo fa, di ritorno da un viaggio in città. Non era uscita con suo marito, aveva portato solo Evan con sé. Ma un camion si è messo in mezzo, e la macchina ha sterzato ma è andata fuori strada, Evan ne è uscito illeso, però sua madre ha subito una gravissima perforazione al polmone, lasciandole enormi problemi respiratori, e da allora è in ospedale.

- Ma... La sua famiglia ha i soldi, la sua famiglia potrebbe pagare tutto ciò di cui ha bisogno per un'operazione o per curarla a casa. Non riesco a capire perché sia ancora in ospedale. - dissi.

- Sì, hai ragione, ed ecco il problema. Il padre non vuole pagare nulla per il seguente motivo: lei ha sempre protetto Evan, anche quando non avrebbe dovuto.

Spalancai gli occhi, sbigottita. La madre non aveva mai protetto Evan, lei si era semplicemente mantenuta neutrale, non aveva mai detto nulla, ed era stato quel silenzio a disturbare il padre di Evan, al punto da trattarla in quel modo e lasciarla quasi morente in un qualsiasi ospedale della città. Il padre era l'unico che aveva provato a cacciare Evan di casa e a minacciarlo. Forse proprio per questo motivo, per il suo silenzio, per il tacito sostegno, oltre che per la paura che la madre aveva nei confronti del marito, Evan provava un po' più di affetto per lei. Comunque, da quando la madre è in ospedale, ha fatto notevoli progressi e tutte le spese sono state pagate.

- Indovina chi ha pagato le spese mediche? - Chiese Katherine.

- Stai scherzando? - Dissi sorpresa.

- No, non sto scherzando, sai che non scherzo mai. Evan ha pagato tutto con i soldi che ha guadagnato da quelle gare. Forse è per questo che non le fa così spesso, forse è per questo che non è così avido di soldi, lo fa solo sporadicamente per salvare sua madre.

- Sia per te che per me - dissi -, l'idea che avevamo di Evan è cambiata notevolmente.

- Sì, Clare. È una persona piuttosto interessante se devo essere sincera. È un tipo che, nonostante sembri, sai, un cattivo ragazzo, è in realtà tutt'altro. E nonostante faccia cose illegali, lo fa solo ed esclusivamente per sua madre. Chiunque altro lo farebbe per qualche infimo scopo, ma per lui non è così... non è così.

- Lo so, ho capito.

La campanella suonava di nuovo, avevamo lezione di chimica ma stavolta non mi sono affrettata a raccogliere le mie cose né a scappare.

- D'altra parte … disse Katherine con un tono malizioso.

Conoscevo Katherine abbastanza bene da sapere cosa sarebbe successo dopo quel tono di voce, non era la prima volta che lo usava, e sapevo che non sarebbe stata l'ultima.

- Cosa? - Chiesi molto seriamente.

- Mentre parlavamo, ha detto delle cose molto carine su di te.

- Non mi stai prendendo in giro, Katherine? - dissi alzandomi

- Giuro! "La tua amica Clare, è bellissima, voglio avere la possibilità di conoscerla un po' meglio". Queste sono state le sue parole, l'ha detto quando ha menzionato sua madre. Ma si vedeva che era a disagio, così ha cambiato discorso. E alcune delle ragazze erano mooolto gelose.

- Non ti credo, Katherine, e tu lo sai.

- Perché no? E se ti scrive?

- Spero che non gli hai dato il mio numero di telefono...

- Calmati, non lo farò, ma anche se fosse? Non vorresti conoscerlo anche tu? Sei circondata da idioti che flirtano con te e tu li respingi sempre, lui sembra essere una persona diversa.

- *Sì, è certamente diverso*. Ma ora, andiamo in classe.

Entrammo nell'aula di chimica e io non risposi alle domande che Katherine mi fece. La verità è che quelle risposte non volevo accettarle neppure io, e non mi sarei lasciata mettere sotto pressione da Katherine, non questa volta.

CAPITOLO 4

Quando sono tornata a casa ho chiuso la porta e ho sentito il grido di mia madre in sottofondo che mi chiedeva se fossi io. Ho risposto con un fragoroso "Sì". Nel soggiorno, sotto un tavolino, c'era mio fratello, alcuni vestiti sporchi erano sparsi sui mobili e un bicchiere d'acqua era stato rovesciato, probabilmente da lui. Potevo già sentire le urla ancor prima che mia madre le esclamasse. Sapevo che prima o poi mi sarebbe venuto un mal di testa insopportabile, ancora una volta. Andai in cucina per bere, non avevo bevuto un granché per tutto il giorno e quando l'acqua arrivò a rinfrescarmi la gola e il palato, mi colse un sonno inaspettato e improvviso.

Sono andata in camera mia, l'ho chiusa a chiave perché mia madre la apriva sempre senza bussare e questo mi irritava troppo. Lasciai lo zaino a terra. La mia stanza era molto accogliente, era quella che mi piaceva di più in tutta la casa. Non era enorme, in realtà era molto piccola. Avevo solo un letto e un armadio, molti vestiti erano disposti in una piccola pila nell'armadio e molti dei miei libri erano accanto al letto, dato che non avevo un comodino. Sopra il mio letto c'era poi una finestra che si affacciava sul giardino e sulla strada. Fortunatamente, la brezza era molto forte, e il vento soffiava nella mia camera, aumentando il fresco che avevo sentito bevendo l'acqua e abbassando il calore che sentivo addosso da quando ho lasciato la scuola.

- Clare, mangi oppure no? - Chiese mia madre dall'altra stanza.

- No, ho mangiato prima di arrivare qui, grazie - Risposi.

Si mise a urlare e a dire che stavo mentendo, che ormai era un'abitudine per me saltare i pasti. Dovetti ripeterle che avevo già mangiato tipo una dozzina di volte; ma comunque ero abituata alle sue accuse infondate. Mi misi le cuffie che erano le due del pomeriggio, ascoltai la musica per qualche ora e, senza accorgermene, mi addormentai. Quando mi sono svegliata avevo un forte desiderio di prendere una tazza di caffè, ma per qualche motivo ero molto ansiosa, e non era solo per quello che avevo sentito a scuola; era anche perché Evan era apparso nei miei sogni. Anche se è stato solo per pochi secondi, non potevo negare di pensare troppo a lui e di non sapere cosa mi stesse succedendo. Quando stavo per rilassarmi di nuovo nel mio letto ho sentito qualcuno che gridava dietro la porta; non era più una domanda, ma un imperativo.

- Clare! - Vieni a mangiare subito!

Ho respirato e, raccogliendo tutte le mie forze, mi sono avvicinata alla porta, l'ho aperta e sono andata direttamente in sala da pranzo. Mio fratello era già lì, prese a farmi domande che portarono mia madre a farmi ancora più domande, e a ripetere le prediche sulle quali rimuginava fin dall'ora di pranzo.

- Clare, salti i pasti, non mangi affatto, si vede dal pallore del tuo viso. È così che vuoi vivere? E ascoltami!

- Mamma, sì, ti sento, e no, non salterò i pasti.

- Allora perché sei così pallida? - chiedeva.

- Mi sono appena svegliata, di solito sono così e poi ho molto sonno. Non posso certo avere il massimo del colorito in queste condizioni.

- Se mi stai dicendo delle bugie, è meglio che ti penta subito, è così che intendi entrare in convento?

- Convento? - Chiesi

- Sì, convento. Ho già parlato con i direttori, saranno felici di averti se cambierai il tuo atteggiamento.

- Mamma, ti ho detto tante volte che non ho intenzione di andare in nessun convento, non voglio vivere la mia vita in quel modo.

- E come vuoi vivere, secondo te, Clare? Una vita piena di peccato? È questo che vuoi?

- Mamma, non andare in un convento non è un peccato, non voglio andare in nessun convento; voglio andare all'università, avere un buon lavoro, quello che vuole una persona normale, è un peccato?

- Quante volte te l'ho già spiegato, Clare?

Avevo dimenticato quante volte abbiamo avuto questa conversazione, ma di certo non è stata la prima e non sarà l'ultima. Le ho detto che non ne volevo più parlare, ho messo il piatto nel lavandino per lavarlo mentre mia madre mi pregava di ascoltarla, tuttavia ho continuato a ignorarla e poi sono tornata in camera mia. Tanto sapevo che sarebbe successo ancora e ancora, quindi era meglio non perdere tempo, ne avevo abbastanza. Erano le sette di sera, sono entrata in camera mia e ho chiuso la porta decisa a rimanerci fino al giorno dopo, ma nel cuore della notte ho ricevuto un messaggio sul mio telefono.

"Vai a vedere cosa ho lasciato sulla tua porta di casa. Evan".

Quando ho letto questo messaggio le gambe mi sono diventate molli, ho sentito le ossa congelarsi e ho dovuto aggrapparmi alla parete per non cadere. La prima cosa che ho pensato fu che Katherine gli avesse dato il mio numero di telefono, non potevo dubitarne. Ma non avrei mai pensato che mi avrebbe scritto, inoltre... Cosa avrebbe lasciato sulla mia porta di casa? Come ha scoperto dove vivevo? Avevo tante domande in testa e un'impulsività che cresceva lentamente intorno a me. Se ha scoperto dove vivevo, probabilmente mi aveva già vista in giro per il quartiere. Ho fatto un respiro profondo e ho lasciato la mia stanza. Mia madre era già nella sua, quindi non se ne accorse, poi... ho aperto la porta d'ingresso e ho visto quello che Evan aveva lasciato lì.

Devo dire che sono rimasta molto sorpresa, più di quanto immaginassi, e le mie aspettative nei suoi riguardi erano di nuovo schizzate alle stelle, come poteva sapere che amo le orchidee? Nemmeno Katherine, la mia migliore amica, lo sa. Potrebbe anche essere una pura coincidenza. Ho preso le orchidee e sono andata in camera mia. Mio fratello era nella sua stanza, così mi sono risparmiata domande che avrebbero potuto compromettermi.

Ho chiuso la porta e ho cercato di metterle in un posto dove mia madre non potesse vederle. Così le ho sistemate accanto ad alcune scatole in cima all'armadio, lì non sarebbero state proprio nascoste ma neanche troppo in vista, e dal mio letto potevo osservarle per ricordare quel bel gesto.

Avevo lasciato il telefono sul mio letto e quando l'ho preso in mano ho ricevuto un altro messaggio da lui:

"Spero che ti siano piaciuti".

Le mie gambe erano di nuovo gelatina; lui era molto interessato a me, e io non sapevo come reagire. Mi hanno già mandato dei fiori in passato ma questa volta è diverso. Avevo paura di sentire che stavo costruendo tutto questo su un'illusione infantile e su una fantasia della quale, onestamente, non sapevo ancora abbastanza. Così gli ho risposto:

"Amo le orchidee, grazie mille.»

E poi, un messaggio tira l'altro, siamo rimasti a chiacchierare per tipo quattro ore, in un ondeggiare di messaggi che all'inizio erano leggeri e molto rispettosi, semplici domande per conoscerci meglio, ma che mi hanno permesso di conoscere gradualmente il suo lato vero, il suo lato umano, e non quel lato che le liceali amavano, il lato rude e sfuggente che tanto desideravano. Quando è arrivata la mezzanotte non ho più retto al sonno e l'ho salutato. Il suo ultimo messaggio è stato:

"Ci vediamo domani, buona serata, dolce Clare".

Per fortuna nessuno mi guardava a parte lo schermo del mio telefono, e nessuno poteva nemmeno vedere la mia espressione da ebete in quel momento, perché la mia era una gioia sciocca e puerile. Sì, Evan rappresentava una sorta di mistero, ma era bastato parlarci un po' per sms per capire che la sua parte più interessante non era certo quella del bad boy ribelle, bensì quella che tutte le ragazze che si scioglievano per lui non volevano vedere, quella parte che solo io avevo sperimentato anche solo per un po'. E fu proprio questa consapevolezza a impadronirsi della mia notte, mettendomi dentro un'euforia che sarebbe stata difficile da cancellare nei giorni seguenti.

In fondo, d'altra parte, non volevo pensare che quella fosse tutta una frottola. Avevo paura che ciò che pensavo di lui fosse solo nella mia testa perché di solito non trovavo soddisfazione o gioia nelle persone che cercavano di flirtare con me. Ma quante prove ci servono per poter accettare ciò che è giusto e ciò che è sbagliato? Pensando al peso reale delle decisioni, delle parole e della vita, non si arriva quasi mai alla conclusione di cosa sia realmente giusto, buono o cattivo; e questa era solo la classica situazione che deve essere goduta prima che finisca. E così, senza rendermene conto, ho continuato a rimuginare fra me e me per mezz'ora, appena dopo averlo salutato. Non riuscivo a prendere sonno ma dovevo addormentarmi subito se non volevo avere problemi a svegliarmi il giorno dopo; inoltre, avevo un importante esame di inglese che non potevo fallire.

Spensi le luci e provai ad addormentarmi, anche se cercavo di chiudere gli occhi sentivo ancora la luce della luna penetrare attraverso la finestra nel tentativo di farmi aprire le palpebre, come se avesse un messaggio da darmi. La assecondai guardando fuori dalla finestra: il panorama, la luna e tutti i pensieri che mi passavano per la testa. Con il trascorrere delle ore il sonno è arrivato e ho chiuso gli occhi, ricordando un compito importante per il giorno dopo:

"Katherine deve saperlo."

Me lo ripetevo come un mantra quando mi addormentai alle quattro del mattino.

CAPITOLO 5

- Cosa! - Disse Katherine sorpresa, non poteva crederci.

- Sì, proprio così. Mi ha mandato delle orchidee, neanche tu sapevi che sono i miei fiori preferiti, sono quelli che amo di più, ma è una cosa di quando ero molto piccola.

- Beh, potrebbe essere una pura coincidenza, e tu lo sai.

- Sì, lo so. Ma è così che funzionano le coincidenze, no? Sono speciali proprio per questo motivo.

- Che ne hai fatto delle orchidee?

- Sono sopra un armadio, mia madre non lo sa, non sono proprio nascoste ma dalla porta non si vedono, dal mio letto invece sì.

- Non posso ancora crederci, e di cosa avete parlato? Non lo so. Sì, devo ammettere che gli ho dato il tuo numero, mi dispiace, ma come puoi vedere... è andata alla grande.

- Ecco, ti odio per averlo fatto, ma allo stesso tempo ti ringrazio, perché è stata davvero una sorpresa. Non parlo solo dei fiori... Evan... è stato una vera sorpresa.

- Certamente, era questa la sua qualità nascosta, il romanticismo! - Sghignazzò soddisfatta.

Non sapeva che intendevo qualcos'altro, ma non aveva più importanza. Era la prima volta dopo tanto tempo che Katherine era in anticipo per la lezione e questo mi ha leggermente sorpresa, ma allo stesso tempo ci ha consentito di fermarci in mensa qualche minuto prima che la classe iniziasse la lezione.

- E cosa farai adesso? - Chiese Katherine.

- Davvero, non lo so. Continuerò a parlargli se mi manderà di nuovo un messaggio, ma cercherò di non forzare nulla. Sai cosa voglio dire, non voglio che dia di matto o altro.

- Sono dannatamente sicura che ti scriverà di nuovo. Non preoccuparti, non lo dico perché lo spingerò a farlo, ma se ti ha scritto una volta probabilmente lo farà di nuovo, è così che sono questi bei bambolottoni. Inoltre, sai, è troppo ovvio che sia molto interessato a te.

- Sì, sembra di sì. È passata un'eternità dall'ultima volta che ho avuto l'idea di uscire con qualcuno.

- Ah, quindi pensi di uscire con lui? Lo sapevo, so che ti piace -, ha detto Katherine, cercando di farmi ammettere qualcosa che non esiste.

- No, non volevo dire questo, l'ho solo accennato nel caso volesse chiedermelo lui. Se mi manda dei fiori, prima o poi mi chiederà di uscire e io mi sto preparando mentalmente per quando sarà il momento.

- Lo so, lo capisco, e sono sicura che ti bacerà anche a quel punto. Ma prima dell'appuntamento, pensa bene a come ti comporterai con tua madre, sai che a volte non ti lascia andare da nessuna parte e usa scuse a buon mercato per giustificarlo.

- Lo so, dovrò inventarmi qualcosa per convincerla a farmi uscire. Dovrò... Ovviamente non posso dirle nulla di un "ragazzo" perché diventerebbe isterica; forse posso dirle che andrò in qualche museo o qualcosa del genere, o anche in una chiesa, potrebbe addirittura eccitarsi, figurati.

- Sì, approvo, funzionerà di sicuro.

La campanella suonò che Katherine non aveva ancora finito di mangiare. Si mise a correre precedendomi e in lontananza la sentii gridare: "Lasciatemi un posto a sedere!»

**

Stavo mettendo via gli ultimi quaderni che avevo sul banco, francamente mi sentivo un po' stanca fisicamente, ero molto assonnata. Non avevo dormito bene ed ero molto ansiosa a causa del suddetto evento. Katherine era andata via prima; liquidandomi con un: "Ci sentiamo più tardi", e senza dirmi dove andava. Ho finito di mettere tutti i quaderni nella mia borsa ma prima di chiuderla Evan mi è passato davanti, mi ha guardata, ha sorriso e mi ha consegnato una lettera. Poi, ha continuato a camminare lentamente fino a perdersi nel corridoio. L'insegnante di inglese non si era accorta di nulla, era troppo concentrata a correggere i nostri compiti in classe. Quando ho preso la lettera, onestamente, ho iniziato a tremare un po', non sapevo cosa ci fosse scritto sopra e non mi era mai stata consegnata una lettera così, di persona. Immagino che Evan sapesse che mi sarei scapicollata ad aprirla per leggere perché, in realtà, non credevo che se ne fosse proprio andato via. Questo era il contenuto della lettera:

"Mi *sembra di aver trovato qualcuno di incredibile, qualcuno di diverso da quello che ho visto qualche giorno fa per la prima volta, scendendo le scale. Pensavo che tu fossi solo un'altra delle tante persone incontrate per caso nella vita, e che probabilmente saresti passata in fretta, ma non mi sento più così, Clare. Sento che c'è qualcos'altro qui, qualcosa che né tu né io possiamo spiegare, però sappiamo che c'è, e non voglio che sia un'altra di quelle volte in cui perdo tempo, ho paura di rovinare tutto e dover poi ricominciare da capo. Questa volta voglio essere diverso e spero che anche fra noi tutto sarà diverso, e migliore, perché è quello che leggo anche sul tuo viso. Oggi ti consegno questa lettera, una volta che l'avrai letta, ti aspetterò dove ci siamo incontrati la prima volta".*

Rimasi a bocca aperta. Le parole di Evan mi hanno trasportata in una vecchia canzone d'amore, in un vecchio film che non passa mai di moda, mentre la leggevo ero ipnotizzata, non più padrona di me stessa. Stava succedendo qualcosa di strano, qualcosa di strano che ancora negavo, ma che era lì. Ero riluttante a lasciarmi andare ma lo volevo nel profondo mio cuore. Ho notato che mi tremava ancora la mano, tutti se ne erano andati, come al solito, e nella classe c'era solo l'insegnante che correggeva gli esami, e me, tremante, con una lettera in mano. L'ho messa nello zaino e ho lasciato la stanza. Ma prima che me ne andassi l'insegnante mi ha guardato, mi ha dato il voto dell'esame e abbiamo entrambe sorriso in quel modo che solo le persone che hanno fatto un buon lavoro sanno fare.

Ho cercato di calmarmi mentre camminavo, ma era difficile, le mie gambe andavano da sole, quasi avessero avuto una loro volontà autonoma. Sono scesa di sotto, velocemente, e prima di andare in giardino sono entrata in bagno, dovevo lavarmi la faccia per capire che non era un sogno, che era reale, e che poteva esistere anche *una gioia* in mezzo al caos che stavo vivendo in casa mia. L'impatto con l'acqua fredda mi ha confermato che non ero dentro un sogno, era tutto vero, anche troppo reale. Una dell'altra classe mi ha avvicinata, vedendomi leggermente turbata, le ho assicurato che non c'era nessun problema e che tutto andava bene. Non mi ha creduta, però ha lasciato perdere lo stesso. Probabilmente immaginava che ci fosse qualcosa sotto, ma non aveva modo di scoprirlo ed era meglio così; non mi piace ammettere o vantarmi delle cose che mi accadono, perché di solito, quando qualcuno si vanta, è sempre per tirarsela.

Sono andata in giardino dopo essere uscita dal bagno. Ho cercato di borbottare alcune cose e ho sentito un'insopportabile secchezza e aridità in gola. Prima di arrivare al giardino, proprio nel corridoio, c'era la famosa fontanella di cui ho già parlato. Mi sono fermata a bere per circa due minuti. Ma ho pensato che quello non fosse il posto che intendeva Evan, o che lui fosse già andato via perché ero stata in bagno troppo a lungo; questo pensiero mi faceva sentire un po' male, perché ero davvero eccitata, volevo davvero incontrarlo, e stavo lentamente imparando ad accettarlo. Tuttavia, quando ho finito di bere, ho fatto qualche passo e alla fine l'ho visto, ho visto Evan lì, sullo stesso albero su cui eravamo sedute io e Katherine quando si è presentato, quando ci ha parlato per la prima volta. Mentre camminavo, giunta a pochi metri di distanza, lui ha alzato la mano per salutarmi, e così lo raggiunsi.

- Sono contento che sei venuta - ha detto, e con la mano ha preso ad accarezzare l'erba del prato accanto a lui, invitandomi a sedermi lì.

- Pensavo che te ne fossi andato, scusa, ero in bagno e mi sono fermata a bere un po' d'acqua.

- No, non sarei mai andato via, probabile che ti avrei aspettata qui fino a sera.

In quel momento le mie guance andarono a fuoco e lui se ne accorse.

- Ti sono piaciute le orchidee?

- Sì! Le ho adorate, sono i miei fiori preferiti.

- Sono contento di averlo scoperto, è stato solo un caso. Ma le coincidenze sono belle per questo, sono le più genuine, e forse quei fiori che ho scelto pensandoti ci hanno avvicinati un po', senza che neppure me ne accorgessi.

- Sì, hai ragione, lo penso anch'io. Li tengo sopra all'armadio, dal mio letto li vedo.

- Ah, ne sono davvero felice. Volevo parlarti oggi, senza la tua amica Katherine, sapevo che sarebbe andata via prima a causa del test d'inglese. Tutti hanno studiato talmente tanto da essersene scappati di corsa, e sono contento che l'abbiano fatto perché così ho più tempo per te.

Prima che rispondessi, continuò.

- Clare, quando ti ho vista, qualcosa ha attirato la mia attenzione, qualcosa che non riesco a definire, e questo è il problema, che ancora non riesco a dire cosa sia. E, se sei qui è perché hai letto la mia lettera, e ti ho già spiegato che questa volta non voglio perdere tempo o lasciare le cose a metà. Né voglio che questa situazione diventi qualcosa di irrealizzabile, perché mi farebbe molto più male. Per questo ti chiedo: cosa fai questo sabato?

Le sue parole mi lasciarono senza fiato, senza molto da dire, e non perché non credessi a quello che diceva, ma perché era proprio ciò che volevo sentire. Il suo modo dolce e diretto mi faceva letteralmente impazzire; nella sua voce si capiva che non c'era un briciolo di indecisione.

- Questo sabato... Niente, niente di niente.

- Eccellente, vuoi uscire con me? Se ti stai chiedendo dove, sarà una sorpresa, a dire il vero... ho già organizzato un'intera giornata per me e per te. - E sorrise con quelle sue labbra rosse ma anche con i suoi occhi verdi e allungati.

- Bello... ehm! Intendo... è bello che tu ci abbia già pensato, sei sempre pronto, a quanto pare.

- Sì, è vero, posso dire che ho anni di pratica alle spalle, sai... ho dovuto essere capace in molte cose, non ho avuto scelta; beh, te ne ho già parlato.

Sapevo cosa voleva dire.

- Sì, ok, usciamo sabato, probabilmente avrò qualche problema con mia madre, devo inventarmi una scusa per uscire. Non è niente di serio, non ti preoccupare, troverò una soluzione. Dove ci incontreremo?

- Accanto alla fermata della metro nel nostro quartiere? Sai dov'è?

- Sì, sì... ci sono stata un milione di volte con Katherine.

E prima di fare la domanda successiva, rispose.

- Alle 10 del mattino. Va bene?

Sinceramente, pensai che fosse fantastico passare un giorno intero lontano da casa, dopo tutto quello che avevo subito lì dentro per così tanto tempo. Sì, mi piaceva uscire con Katherine, ma questa era una novità, e una novità porta sempre un po' di gioia in questa vita che può essere così difficile nella maggior parte dei casi, soprattutto per me.

Ho accettato e ci siamo alzati entrambi, abbiamo camminato fino alla fermata dell'autobus ed Evan decise di aspettare con me che fosse arrivato. In quel momento ero grata che Katherine non fosse con me, perché avrebbe fatto o detto qualcosa che avrebbe rubato la sua attenzione e, onestamente, mi sentivo molto felice di avere l'attenzione di qualcuno che mi piaceva tutta su di me, almeno per una volta. Mi parlava della sua vita, mi dava altri dettagli, mi faceva domande sulla mia, su casa, e sulla scuola. Quando è arrivato l'autobus non sapevo bene come avrei dovuto salutarlo, se con una stretta di mano o con un bacio sulla guancia. Ma poi è successo qualcosa di inaspettato.

- Beh, ora stanno salendo tutti, è meglio che salga anch'io prima che finiscano i posti.

- Sì, hai ragione.

Mi stavo avvicinando all'autobus e stavo per girarmi per alzare la mano, muoverla e salutarlo, ma prima che me ne accorgessi, prima che facessi il terzo passo, mi aveva già presa per il braccio, mi aveva voltata con decisione e in pochi secondi ho sentito le sue labbra sfiorare le mie. Quando ho aperto gli occhi l'ho visto sorridere e dire: "Arrivederci, Clare, ci vediamo sabato". Poi si è girato, incamminandosi lentamente per la sua strada.

- Clare! Sali o ti lasciamo qui -, gridò l'autista.

- Sì, sì, mi dispiace.

Salii... salii sull'autobus e mi sedetti, ma la mia gioia aumentava di secondo in secondo. Presi a guardare attraverso il finestrino come facevo sempre, e poi sorrisi alle nuvole, al panorama che tanto ammiravo, finalmente sorrisi anche alla vita.

***

Il fatidico giorno era arrivato e non avevo ancora detto niente a mia madre. Mancavano tre ore alle dieci del mattino e ci sarebbe voluta un'ora per arrivare alla stazione della metropolitana di cui Evan aveva parlato. Mi ero preparata, ero pronta in camera mia, dovevo solo uscire e andarmene, ma anche convincere mia madre. Ho passato due giorni, dopo l'invito, a cercare una scusa e non riuscivo a pensarne una decente, anche l'idea del museo non mi convinceva più e ho pensato che non avrebbe funzionato. Questa era un'occasione troppo importante per me e non sopportavo l'idea di sprecarla; la cosa peggiore che poteva succedere era restarmene nella mia stanza mentre Evan mi aspettava lì.

Pensavo che tutto sarebbe andato storto e che non avrei avuto il coraggio di lasciare la stanza e raccontare una stupidaggine a mia madre, tuttavia verso le 8 del mattino lui mi aveva mandato un messaggio, e quello mi diede il coraggio di uscire dalla stanza e affrontare il mostro. Non le avrei detto apertamente che uscivo con un ragazzo, ma avrei usato l'unico asso nella manica possibile, quello che anche Katherine mi aveva suggerito.

- Clare, dove vai? - Chiese mia madre quando mi ha vista uscire con vestiti diversi dal solito e un po' di profumo.

Ero consapevole che quella del mattino era la versione peggiore di mia madre perché, appena alzata, è sempre di cattivo umore.

- Mamma, oggi vado al museo in città, voglio vedere alcune opere e prenderne nota.

- Penso che sia un'idea eccellente.

Allora mia madre prese a suggerirmi alcune opere che si trovavano nel museo relative a molti passi della Bibbia, e in questo modo collegò la mia visita al *museo inesistente* con l'occasione di insistere di nuovo per farmi andare in quel convento una volta finito il liceo. Non ho avuto altra scelta che accettare la sua proposta facendo un cenno di assenso ad ogni sua parola e uscire di casa più in fretta possibile.

Ero molto sorpresa, ma ancora di più quando avevo capito che l'opzione che mi aveva fatto esitare tanto aveva funzionato. L'ho salutata, le ho dato un bacio sulla guancia e sono uscita il più velocemente possibile. Una volta fuori di casa sapevo che il peggio era passato, ora potevo trascorrere l'intera giornata con Evan e tutto sarebbe andato bene. In questi giorni mi sono sempre più convinta di provare qualcosa di molto speciale per lui, ogni volta che mi passava per la testa sorridevo come una stupida, e non volevo che questa piccola gioia fosse rovinata da nessuno, né da mia madre, né da nessun altro.

Un'ora dopo ero in piedi vicino alla stazione della metropolitana, un po' in ansia perché Evan non c'era ancora. Però, in effetti, ero arrivata abbastanza presto perché dovetti uscire di casa prima, ma l'autobus era stato più veloce di quanto pensassi, ed eccomi lì, venti minuti in anticipo sull'orario dell'appuntamento. Ho persino pensato che Evan non si sarebbe fatto vivo, e che l'idea di uscire con lui, soli, poteva essere stata tutta una stupida illusione. Ma la verità è che ho avuto un'altra sorpresa molto più piacevole di tutte quelle che avevo già ricevuto, perché mentre perdevo le speranze, mentre i secondi sembravano ore, a un certo punto la mia mano ha sentito un altro tocco, le mie dita scivolarono accanto a quelle di qualcuno, qualcuno conosciuto da poco tempo, ma che tuttavia ho subito riconosciuto.

- Stai bene? - Chiese Evan.

Ho annuito, ho sorriso, e abbiamo iniziato a camminare, la mia voce si era persa nell'emozione che la sua mano intrecciata alla mia mi aveva provocato. Prima siamo andati in un parco vicino alla stazione della metropolitana. Evan aveva uno zaino enorme, mi chiesi se soffrisse per il fatto di portare tutto quel peso. Quando siamo arrivati mi sono sentita avvolta da tutto il verde e la gioia che solo un parco, il sabato mattina, può offrire. Lui ha tirato fuori un piccolo lenzuolo dalla sua borsa, insieme a della frutta; mi aveva preparato un picnic. Questa era un'altra coincidenza che ci aveva accomunati, dato che fare un picnic era una cosa che avrei sempre voluto ma che non ero mai riuscita ad organizzare, tantomeno con qualcuno così speciale come era Evan per me in quel momento. Mi sentivo su un altro pianeta, ridevo stupidamente ad ogni sua battuta, oppure mi imbarazzavo e sentivo le guance andarmi a fuoco. Ma presto il suo sorriso ha preso il sopravvento nei miei pensieri e ho davvero creduto che non sarebbe mai più svanito.

Abbiamo parlato di molte cose, lì si è aperto molto di più su sua madre, sulla gravità dell'incidente stradale. A quel picnic ho incontrato un Evan molto più profondo di quello che avevo conosciuto attraverso tutti gli sms che ci siamo inviati. Ha anche parlato del rapporto che aveva con suo padre.

- So che è mio padre, ed è sbagliato odiarlo; onestamente non provo odio, non provo nulla. Voglio solo poter guadagnare i miei soldi e non voglio che lui interferisca nella mia vita. Sicuramente lo negherà, ma non gli ho mai detto una parola cattiva; mentre lui passa tutto il giorno a definirmi *inutile*, punto.

Sì, mi convincevo sempre di più che Evan fosse la persona che aspettavo da sempre, che il suo buon cuore si stava rivelando, mettendo in ombra il look da duro e ribelle che le ragazze del liceo amavano tanto. Così abbiamo trascorso molto tempo a parlare di tutto, anche di mia madre e della sua intenzione di portarmi in convento.

- Clare, sono stupito di quanto tu possa essere mentalmente forte; convivere con tutto questo ed essere ancora in grado di mantenere il sorriso sul tuo viso. Chiunque altro avrebbe già rinunciato e si sarebbe rassegnato ad andare in quel convento in cui tua madre vuole portarti, ma posso dire dalla tua faccia che non accadrà mai, che non lo vuoi e che sembri disposta a tutto purché le cose non vadano così.

Poteva leggere la mia mente, poteva leggere la mia anima, quello che pensavo, e amavo la sensazione che tutto ciò produceva in me. Poi abbiamo passato molte ore a fare battute stupide. Ma quando finimmo di mangiare, Evan raccolse le sue cose dal prato. Stavo per chiedere: "Dove andiamo adesso", ma lui aveva già pianificato tutto. Prima che io pronunciassi qualsiasi parola, stava già svelando il proseguo dei suoi piani per noi.

- Andiamo! Il film inizia tra un'ora e dobbiamo fare in fretta per poter comprare bibita e popcorn.

Andavamo al cinema. Non era necessario dirgli nulla, sapeva benissimo cosa fare, aveva quello spirito d'iniziativa che pochi hanno e che lo descriveva perfettamente come qualcuno molto sicuro di sé. Ed infatti era così. Quando siamo arrivati al cinema, il livello di entusiasmo che mi era salito nel parco è aumentato ancora di più. Anche se non sono un'assidua frequentatrice di multisale, e anche se mi piaceva l'idea di vedere un film con lui, non posso negare che la sua mano che accarezzava la mia nella semioscurità mi distraeva davvero troppo. A tal punto che, una volta finito, mi sono ricordata di non aver detto a mia madre l'ora del mio rientro. Cercai di calmarmi pensando che, effettivamente, anche lei non me lo aveva chiesto, ma non era una scusa sufficiente perché la conoscevo bene e sapevo che se fossi arrivata tardi avrei avuto un grande e grosso problema. Evan notò presto la mia preoccupazione.

- La giornata non è ancora finita, non preoccuparti, so che hai paura di fare tardi, ma oggi non userai i mezzi pubblici, ti prometto che tra un'ora sarai a casa.

- Seriamente? Grazie mille, ero preoccupata per quello che avrebbe potuto dire mia madre.

- La macchina che mi porta al liceo sarà da noi in pochi minuti, e ti farà arrivare a destinazione in altrettanti pochi minuti; ma... in questo poco tempo che ci resta abbiamo ancora qualcosa da fare.

Mi prese la mano e ci dirigemmo verso un enorme Luna Park vicino al centro commerciale. Ero passata lì di fronte molte volte, ma non c'ero mai entrata. Ho fatto progetti con Katherine per andarci, ma per un motivo o per un altro abbiamo sempre disdetto, e alla fine ce ne siamo dimenticate. E una volta lì, con Evan, ho vissuto un'esperienza avvincente, indefinibile. Così come spesso possiamo toccare il fondo, sentirci smarriti e perdere più di quanto abbiamo mai creduto possibile, possiamo anche raggiungere livelli di gioia incommensurabili, livelli che nessuno può immaginare e che si possono definire solo se vissuti; e io, per fortuna, li stavo vivendo.

Il tempo è trascorso veloce, abbiamo comprato lo zucchero filato, siamo entrati nella Casa del Terrore e ci siamo divertiti come non mi ero mai divertita in vita mia. Quando siamo tornati all'uscita mi sono sentita un po' triste perché la giornata era finita, avrei preferito che fosse stata eterna. Arrivò l'auto che lo portava e riprendeva da scuola, quindi ci siamo saliti entrambi, sedendoci sui sedili posteriori.

Evan disse all'autista di portarci all'entrata del nostro quartiere. L'autista ha annuito e ha iniziato a guidare. Non parlammo per tutto il tragitto, guardavamo il tramonto fin quando il sole è sceso per far posto alla sera. A un certo punto, ho sentito la sua testa sulla mia spalla, il mio cuore che batteva forte. Non sapevo cosa dire o fare ma poi ho capito che andava bene così. È stato un momento di silenzio, il tipico momento di silenzio che non è imbarazzante, ma che desideri nel profondo, quel momento che hai con una sola persona al mondo e che io stavo avendo con lui.

Siamo arrivati all'ingresso del quartiere e la macchina si è fermata. "Siamo arrivati, signore." Disse l'autista. Evan ed io ci siamo guardati prima negli occhi e poi sulle labbra. Ho girato la testa e l'ho salutato, impulsivamente, anche se nel profondo mi sono pentita per essere sempre così insicura e frettolosa. Per fortuna lui mi ha trattenuta, mi ha stretta fra le braccia e mi ha baciata. Questa volta il bacio è stato più lungo del primo che ci siamo scambiati e la connessione che avevo sentito con lui è stata molto profonda. Il suo profumo e il sapore della sua lingua, delle sue labbra, sembravano già far parte di me e della lista delle mie dipendenze. Mi resi conto che sarebbe stato l'inizio di qualcosa di indescrivibile, l'inizio di ciò che desideriamo e che non possiamo riconoscere finché non accade magicamente. Eravamo io ed Evan: la magia.

Sono tornata a casa alle 6:30 di sera.

- Dov'eri? - Mia madre non aveva un'espressione troppo seria.

- Sono stata al museo, ho avuto problemi a prendere l'autobus, mi dispiace.

- Non preoccuparti, figlia mia, spero che ti sia piaciuta la tua gita. Anche se lo neghi, so che ti sei arricchita guardando quello che ti ho consigliato, giusto?

Quando ha menzionato quelle parole avevo già chiuso la porta della stanza e mi ero accovacciata nel letto. Sorridevo e guardavo il messaggio che Evan mi aveva mandato al cellulare.

"Mi fai impazzire. Ci vediamo lunedì".

CAPITOLO 6

Alcune notti dopo, gli sbuffi di un vento furioso provenienti da un cielo che aveva appena scaricato un grosso temporale spalancarono all'improvviso la mia finestra. Ho sorriso senza accorgermene, ho preso un libro, sono salita sul mio letto e ho lasciato che il vento giocasse con i miei capelli e con la pelle del mio collo come solo un compagno sa fare.

Bastarono pochi minuti per immergermi completamente nella lettura, per lasciarmi trasportare da ogni parola e per ritrovarmi in un altro mondo, ma tornai rapidamente al mio quando ho sentito alcuni passi vicini. Sembrava impossibile perché la strada era lontana, così ho pensato che fosse solo la mia immaginazione. Ma sentendoli ancora una volta mi costrinsi a girare la testa, con l'incipiente paura dell'ignoto. Così ho trovato una sorpresa.

- Evan! Che ci fai qui? Io...

- CLARE? - SEI SOLA? - Chiese mia madre

-Sì, mamma!

-Va bene, ora vado a dormire, buonanotte.

Neanche le risposi.

Tornai ad affacciarmi ed Evan era sotto alla finestra della mia stanza, si era arrampicato sfruttando la lamiera della grondaia, così me lo ritrovai sulle tegole del tetto.

- Vieni – disse con la solita smorfia che imparavo ad amare.

Ci ritrovammo entrambi sul tetto, sapevo che da lì non si sentivano né i nostri passi né le nostre voci. Erano circa le nove di sera e le stelle inesplorate brillavano solo per noi. Lui sorrideva ma io avevo paura di mia madre, non volevo che ci scoprisse lì, insieme. Evan però sembrava avere tutto sotto controllo; per questo ho trovato la sicurezza di cui avevo bisogno per lasciarmi andare e godermi un momento di gioia e felicità come quello che mi stava dando.

- Qui, possiamo sdraiarci - suggerì.

Ci sdraiammo sotto quel cielo immenso, i miei piedi erano intrecciati, anche i suoi, ma le nostre mani si sfioravano; ci godevamo tacitamente, goccia a goccia, il momento che stavamo vivendo, e davanti a noi le stelle guardavano le nostre anime nude, in un mare di desiderio e di amore in cui eravamo immersi fin dal nostro primo incontro.

- Scusa se ti ho spaventata, ma... volevo rivederti. Mi sono divertito molto l'ultima volta che ci siamo incontrati. A tua madre non hai detto niente?

- No, questa è stata la cosa più strana di tutte, non si è accorta di nulla. In effetti, quel giorno è stata molto benevola. Tutto è andato per il verso giusto. E sono davvero contenta perché anch'io mi sono divertita parecchio, è stato tutto perfetto. E... questa sorpresa non è da meno...

- Avevo troppo bisogno di stare solo con te, averti fra tutta quella gente non è la stessa cosa... Clare, cosa vuoi fare dopo il diploma?

- Beh... è un po' complicato. Onestamente, non voglio per niente... seguire i piani di mia madre. Voglio solo avere una vita tranquilla, un lavoro stabile, studiare e avere il tempo di uscire e amare qualcuno.

- Vuoi amare qualcuno? - chiese sorridendo e girandosi su un fianco per guardarmi in faccia.

- Sì... Non credo di essere mai stata così tanto attratta da questa opzione, ma ora sento una grande opportunità di...

Ma Evan sembrò arrossire, forse non se lo aspettava, così lasciai di nuovo a lui la parola.

- Capisco... E poi... sono in pochi a volere una vita semplice. Una vita semplice sembrerebbe brutta e orribile, ma in realtà non lo è; non c'è niente di male nel trovare la pace. Vorrei la stessa cosa anche io.

- Evan, so che la tua vita è molto difficile...

- Ci sono giorni in cui non la sopporto. Mio padre mi urla contro tutto il tempo e mi fa sentire la persona più miserabile del mondo, non mi chiede nemmeno di mia madre. Ma ho un piano.

In quel momento non gli ho fatto domande, ma forse il mio sguardo è stato sufficiente per ispirarlo a continuare.

- Riabiliterò mia madre, e una volta fatto questo, mi diplomerò e starò lontano da mio padre per sempre. Inoltre...

- Inoltre...?

- Vorrei stare con te, Clare.

- Oh...

- Sono sempre stato una persona che tutti trovano attraente e molte ragazze mi vengono dietro e... mi cercano. Mi attribuiscono etichette e qualità che non riesco a vedere in me stesso, a volte non voglio neanche provarci perché sento che non esistono. Ma con te questo non succede, perché io mi vedo davvero come sono e non fingo di essere qualcun altro, io sono questo.

- Evan...

- Sto imparando a conoscere me stesso e so che questo è un processo molto lungo, ma è un viaggio che voglio fare; la mia vita è passata tra alti e bassi e...

- Con te mi sento una persona migliore anche io... - dissi, nel tentativo di prevenire cosa avrebbe detto dopo.

- Sì, esatto. Cioè... c'è differenza tra avere una semplice opportunità... o qualcos'altro, qualcosa che non si può definire ma che ha molto più significato.

- Certo, le occasioni nella vita vanno e vengono, e possono essere perse. Ma... tu non sei banalmente un'occasione... con te sento di aver già vinto, ed è una cosa alla quale non voglio rinunciare.

- Tu non mi perderai, Clare. Da quando ti conosco finalmente mi sento vivo...

In quel momento entrambi abbiamo girato la testa e ci siamo guardati negli occhi. Avevo perso il senso del tempo, ma non c'era più nessuna macchina per le strade, la luna ci faceva da lampione e i nostri sguardi hanno creato il più grande legame che abbia mai sentito in vita mia. Non si sentiva nulla nei dintorni, solo il vento che giocava con i nostri capelli... il tempo si era fermato.

Entrambi, senza rendercene conto, ci siamo avvicinati; i nostri occhi oscillavano sulle nostre labbra, lui ha guardato le mie, io ho guardato le sue per tornare ai suoi occhi verdi, in un'ondata d'amore che sapevamo come sarebbe andata a finire.

E così, ci siamo baciati, e abbiamo reso la luna testimone del sentimento incontrollabile che stavamo provando.

CAPITOLO 7

Non avrei mai creduto una cosa del genere, che ciò che stava accadendo avrebbe cambiato la mia vita e avrebbe scosso le mie emozioni in quel modo, quando ho visto la sua sagoma accanto a me mentre mi aggiravo nauseata fra i corridoi del liceo nel suo primo giorno di scuola. Non si arriva mai a pensare che qualcuno che non si conosce possa significare così tanto in così poco tempo. Non era la prima volta che uscivo con qualcuno, ero già uscita con altre persone, quindi non vivevo nulla di nuovo, eppure la connessione che ho sentito questa volta con Evan non l'avevo mai sentita con nessun altro. Era la persona giusta, quella persona di cui si parla nei libri, o nelle canzoni d'amore, quella persona era venuta per me e ancora non riuscivo a credere che stesse succedendo davvero. Mi sentivo come se qualche divinità mi avesse scelta, questa volta era il mio turno di possedere *un po' di gioia* dopo tutto il caos che avevo sperimentato. Anche la mia capacità di trattare con mia madre è aumentata, le conversazioni che ho avuto con lei sul convento sono state più facili da digerire, anche se ovviamente non andrei mai in quel convento, se da un lato mi sentivo infastidita ogni volta che mia madre ne parlava, ora potrei dire che non mi importava più nulla.

E così i miei giorni passarono, pieni di felicità, vedevo Evan dopo la scuola. Mentre stavamo finendo il secondo trimestre del liceo, facevamo gli esami e uscivamo molto presto; andavamo a prendere un gelato, o semplicemente andavamo in giro tenendoci per mano. Lui ascoltava tutto quello che avevo da dire, e io facevo lo stesso con lui. La nostra felicità era reciproca, reciproca come dovrebbe essere in ogni rapporto. Mi sono sentita molto fortunata. Ho smesso di sentirmi tanto stanca in classe e annoiata. Ora avevo un motivo in più per andarci, oltre ai compiti e alle faccende del liceo. Ho smesso di vedere Katherine ogni giorno. A volte ero in ritardo, a volte in anticipo. Quando andavo a fare una passeggiata con Evan la vedevo in lontananza e mi sorrideva. Non era arrabbiata, ha capito che uscivo più spesso con lui, il nuovo ragazzo della classe, qualcuno che tutti nella scuola volevano, ma lui aveva scelto me e io avevo scelto lui. Però era strano non avere Katherine intorno. Anche se non ero così pensierosa come sono di solito, mi sentivo un po' in colpa, ma nel profondo sapevo che si stava divertendo con altre persone e a modo suo.

Tuttavia, anche se mi sentivo immensamente felice, pensavo che ci fosse qualcosa che non andava in Katherine. Ero molto positiva, uscivo con

Evan e stare a casa mia non mi dava più fastidio come una volta, però sentivo anche di aver perso qualcosa. Stavo tornando ogni giorno a casa da sola, non vedevo Katherine neanche sull'autobus. Quando gliel'ho chiesto mi ha detto che doveva fare dei compiti in classe che aveva saltato, e che gli insegnanti le avevano dato un'altra possibilità. Sono sempre stata interessata ai voti di Katherine, quindi l'ho incoraggiata a fare quei test per non ripetere il corso, perché volevo laurearmi con la mia migliore amica e forse avremmo potuto andare al college insieme, era qualcosa di cui le volevo parlare. Ma ancora non capivo perché mi cresceva questa strana ansia, questa preoccupazione che non riuscivo a togliermi dalla testa. Non volevo parlarne con Evan perché lui aveva altri problemi personali, non volevo opprimerlo. Mi convinsi che la mia preoccupazione era sciocca e decisi di concentrarmi su altre cose per qualche altra settimana e poi valutare se questa ansia sarebbe andata via o se sarebbe aumentata.

La verità è che non è mai andata via, anzi è persino aumentata quando mi sono resa conto che non vedevo più Katherine nemmeno al liceo. Chiesi in segreteria notizie a riguardo e mi dissero che aveva saltato un sacco di giorni a scuola, hanno anche chiamato i suoi genitori. Ero seriamente preoccupata, non volevo che fosse successo niente di male alla mia migliore amica. Ma, magicamente, un giorno, riapparve all'improvviso.

- Dov'eri? Ero molto preoccupata per te, - Dissi con rabbia.

- Non agitarti, sono solo stata male, tutto qui.

Ricominciai a vederla ma lei era sempre distante e assente. Una lontananza che, in molti anni, non avevo mai sentito, non da Katherine. Molte altre persone si erano allontanate da me, ma non lei, e questo era ciò che mi faceva più male. D'altra parte, ogni volta che uscivo con Evan, sia al Luna Park che al cinema, o anche al parco dove abbiamo avuto il nostro primo appuntamento, lo vedevo molto distratto, il suo sguardo perso in altre cose e non mi guardava più negli occhi come una volta. Sentivo piccole tracce di tristezza nel mio cuore; vivevo momenti molto felici e non volevo rovinarli, non ora. Allo stesso tempo, non avevo prove per credere a quello che pensavo, avevo a che fare con emozioni molto forti e non riflettevo con chiarezza, così ho deciso di non prestare attenzione a questo tipo di pensieri e di concentrarmi su qualche attività. A volte parlavo con Evan, ma lui mi diceva che era impegnato con sua madre. Così gli mandavo i miei auguri per lei, sperando che tutto andasse bene.

Qualche giorno dopo, quando arrivai a scuola, Evan non c'era più e nemmeno Katherine. È stato molto strano perché Evan non saltava mai le lezioni, non ne perdeva mai una e non aveva problemi con i mezzi pubblici. Ultimamente non c'erano molti autobus in funzione ed era difficile arrivare al liceo, ma Evan non aveva questo tipo di grana, così ho pensato che qualcosa non andasse, che gli fosse successo non so che. In classe ho deciso di mandargli un messaggio:

"Amore, dove sei? Stai bene? Se vedi questo messaggio, per favore rispondi".

Devo ammettere che ero un po' disperata quando l'ho fatto. Quando l'ho inviato sono rimasta a fissare lo schermo del telefono, aspettando la sua risposta, ma ho sentito solo la voce dell'insegnante e l'ho vista prendere il telefono dalle mie mani, dicendo: "Te lo darò quando la lezione sarà finita". Afflitta, sentendomi in imbarazzo, ho aperto il mio quaderno e ho prestato attenzione alla lezione, anche se stava succedendo qualcosa di strano, ne ero sicura. Quando la lezione è finita, ho raccolto i miei quaderni per potermene andare. Allora la professoressa è venuta da me per ridarmi il cellulare.

- Stai bene? Non ti distrai mai in classe, oggi sei molto strana.

- Sì, sto bene, ero solo impensierita per un problema a casa, ma l'ho risolto. La ringrazio molto per la sua preoccupazione.

- Va bene, cara, se hai bisogno di qualcosa, ricordati che sono qui.

Le sorrisi.

Sono uscita dalla classe in fretta. Il mio petto era pesante, non riuscivo a respirare molto bene. Alcune ragazze di un'altra classe mi sono passate accanto, mi guardavano di traverso e sussurravano cose... questo ha acceso la mia rabbia per ragioni che neanche conosco. Non sapevo di cosa stessero parlando, perché non riuscivo a sentirle, ma sapevo che parlavano di me. In questo stato di disperazione, questo è ciò che senti ed è l'unica cosa che ti entra in testa: il mondo è contro di te.

Avevo ancora una lezione, ma sarebbe iniziata tra un'ora. Ho pensato che sarebbe stato meglio mangiare qualcosa, riposare, e poi andare in classe. Quando sono arrivata alla mensa ho pensato di ordinare una pizza, ma mi sono sentita subito male. Ricordando che Katherine si comportava in modo inconsueto, non volevo mangiare o fare nulla che la evocasse. Anche se pensavo che sarebbe stato stupido da parte mia, volevo solo prendermi una pausa e guardare l'intera situazione con molta più calma. Così ho ordinato una bibita, dei biscotti con gocce di cioccolato, e mi sono diretta verso il giardino dove avevo incontrato Evan. Lì era molto tranquillo, e a quell'ora del giorno non c'era molta gente. Camminai velocemente verso il prato, come se avessi potuto trovarci una porta che mi facesse dimenticare tutti i miei problemi attraversandola. Ero quasi arrivata e da quella angolazione mi sembrava che, al solito, non ci fosse nessuno o quasi sotto quegli alberi, invece, su una panchina c'erano proprio le due persone che mi mancavano tanto e che non mi hanno dato nessuna spiegazione per la loro improvvisa sparizione: Katherine ed Evan erano seduti molto vicini. Mi sono subito accigliata, avevo i miei biscotti in una mano, la Cola nell'altra, e devo ammettere che mi sentivo come svenire. Nella mia testa erano balenate un sacco di idee e seppur cercassi di ricollegare i fili, non ero mai arrivata a pensare di dovermi ritrovare di fronte a quell'immagine, e non credo che volessi davvero vederla neppure in quel momento, eppure era lì. Ho fatto qualche passo verso l'albero ignorandoli, ma si sono accorti che ero vicina e, sentendomi lì, si sono voltati verso il posto dove mi ero seduta. Li ho salutati come se nulla di ciò che vedevo mi colpisse, così mi hanno raggiunta loro. Si capiva che erano un po' spaesati, ma parlavano entrambi nel modo più naturale possibile, come se non fosse successo nulla.

- Clare! Scusa se sono di nuovo scomparsa. Sono stata male in questi giorni e oggi non sono andata a lezione. Evan mi ha vista e si è preoccupato.

- Sì, amore, è vero, è per questo che non sono entrato in classe. Ero preoccupato per Katherine, aveva un aspetto terribile.

- Non dire così, *non avevo un aspetto terribile*, però mi sentivo molto debole.

- Sembri ancora un po' pallida, in effetti, - Dissi acida.

-Vedi? Clare ha ragione, sei un po' pallida, Katherine.

Ha esitato un po' e alla fine ha annuito.

-Va bene, ho solo bisogno di più riposo, tutto qui.

Continuavano a parlare di altre cose, ma quelle erano state le uniche parole che pronunciai durante il giorno, e le ultime parole che avrei mai detto. Desideravo il silenzio e la pace della mente per analizzare tutto ciò che stava accadendo. Qualcosa non andava e me lo si leggeva in faccia. L'insegnante dell'ultimo corso l'ha notato; non mi aveva mai vista con quell'espressione. Quando abbiamo lasciato la classe, Katherine ed Evan mi hanno accompagnata ad aspettare l'autobus. Mentre ci salutavamo, questa volta Evan non mi ha baciata, non mi ha fermata e Katherine non si è seduta accanto a me.

Anche mia madre, mia madre che non ha mai notato in me altro che desideri inesistenti di andare in un convento, mi ha fatto la domanda che quel giorno mi era stata rivolta tanto spesso, la domanda alla quale non ho voluto rispondere: "Stai bene? È successo qualcosa di brutto?" Ho biascicato qualcosa che nemmeno io riuscivo a capire, ho chiuso la porta della mia stanza e mi sono sdraiata sul letto, questa volta non ho sorriso né mi sono sentita tanto fortunata, questa volta, in silenzio, ho solo lasciato che molte lacrime scendessero sul mio cuscino.

CAPITOLO 8

Erano passati diversi giorni e non avevo più parlato con nessuno dei due. Ciò che più mi aveva ferita era sapere che nessuno di loro aveva risposto ai miei messaggi. Molte volte controllavo il mio telefono sperando di vedere un messaggio di Evan o uno di Katherine, ma no, nessuno di loro mi aveva più cercata. Avevo detto che mi piaceva passare molto tempo nella mia stanza per evitare le cose che mia madre mi diceva, ma non ci avevo mai passato così tanto tempo come dopo quel giorno. Mia madre era preoccupata e ogni volta che andavo a cena smetteva di menzionare il convento, sapeva che qualcosa non andava, qualcosa di importante per me, ma non osava chiedermelo. Molte volte i genitori stanno lontani dai loro figli, in termini di problemi emotivi, e quindi non potevo dirle nulla; tanto non avrebbe mai capito.

Loro due continuavano a non presentarsi neppure in classe. Da parte di Katherine non mi ha sorpreso, visto che non andava quasi mai a lezione. Da parte di Evan però non me lo sarei mai aspettata. Passarono alcuni giorni e in poche parole scomparve quasi del tutto. Da un lato pensavo che la situazione era assurda, che lui mi stesse nascondendo qualcosa e che prima o poi avrei scoperto la verità, ma d'altro canto non sapevo cosa provasse davvero, né osavo chiedergli cosa stesse succedendo. Proprio per questo mi sentivo anch'io egoista; ero incline a indagare sempre su ciò che mi riguardava, eppure non gli chiesi mai nulla, era come se dopo quell'incontro il mio interesse nei suoi confronti fosse calato drasticamente, soprattutto dopo averlo visto con Katherine, così vicini come non li avevo mai visti prima. Ma poi il senso di colpa mi ha divorata e ho cominciato a sentirmi molto peggio.

Dopo diversi giorni, ho ricevuto un messaggio da Evan:

"Tesoro, stai bene?"

Volevo rispondergli e dirgli che non era ok, che non mi sentivo affatto bene e che avevo passato diversi giorni a piangere, confusa, perché non sapevo cosa stesse succedendo tra lui e Katherine. La mia ansia aumentava e non riuscivo più a riconoscere ciò che era giusto e ciò che era sbagliato. Mi sentivo molto impulsiva e non volevo rovinare le cose, non volevo dire qualcosa che lo avrebbe ferito, anche se ero già abbastanza ferita anche io, ferita dalla sua assenza.

Così gli ho risposto:

"Sì, sto bene."

E poi è finita lì. Mi sono rintanata ancora di più nella mia stanza, ma non avevo più voglia di piangere, di certo mi sentivo vuota, sentivo di non avere più uno scopo e pensavo che questa sensazione non mi avrebbe mai lasciata, che avrei dovuto conviverci per molti giorni. Non ricordo l'ultima volta che mi sono sentita così infelice, ma quella era la parola perfetta per descrivermi in quel momento, mentre ero sola nel mio letto, senza neppure la forza di piangere: "infelice". Trascorrevo le ore a riflettere su questo finché mia madre mi chiamò per cena, però io le dissi che non volevo mangiare, non avevo fame, non avevo appetito, volevo solo dormire e nel profondo, nel profondo desideravo non svegliarmi più. La finestra della mia stanza era aperta, lasciavo che l'aria mi accarezzasse la faccia e senza rendermene conto mi sono addormentata così.

Due ore dopo mi sono svegliata di nuovo, erano le nove di sera. Sono uscita nel corridoio e la porta della stanza di mia madre era chiusa; di solito si ritira molto presto e a quell'ora probabilmente stava già dormendo. Sono tornata in camera mia e ho guardato fuori dalla finestra: mi era venuta un'idea, certamente un po' azzardata, ma, sapendo di essere più calma, ho deciso di andare fino in fondo e di non metterla in discussione. Volevo camminare, prendere un po' d'aria fresca, e questo piccolo desiderio mi ha fatto pensare che quella fosse proprio un'ottima idea, senza poterne analizzare le conseguenze, né il pericolo che l'idea stessa portava con sé. Evan aveva menzionato il luogo dove faceva le gare automobilistiche illegali; era presso alcuni tornanti di una montagna dietro casa sua. La sua casa era in fondo al quartiere, ma da dove ero io potevo prendere una scorciatoia per la montagna e raggiungerla in pochi minuti.

Non ho mai pensato di scappare di casa. Se fossi uscito, avrei dovuto dirlo a mia madre, ma quello che stavo per fare era certamente una pazzia e mia madre non avrebbe mai approvato. Probabilmente mi avrebbe rinchiusa a chiave nella mia stanza per il resto della vita. Bisognava però fare qualcosa per togliermi i dubbi e tutte le brutte sensazioni che sentivo in quel momento, perché non solo ero triste, ma anche arrabbiata, perché erano passati già troppi giorni, tutti uguali, giorni che avrei potuto vivere in modo diverso, ma non ero stata in grado di farlo a causa del mio stato d'animo. Misi le scarpe, salii sul letto e saltai fuori dalla finestra. Oltre alla finestra il tetto era più che solido, sapevo che camminando lì sopra i miei passi non avrebbero risuonato molto. Quando arrivai sul bordo del tetto dovevo saltare su un prato. L'altezza non era granché, quindi con un po' di attenzione non avrei rischiato di rompermi una gamba. Inoltre, avevo preso le chiavi di casa, in modo che quando sarei tornata non mi sarei dovuta arrampicare da nessuna parte, potevo passare dalla porta d'ingresso senza problemi. A quel punto controllai l'orario, erano le dieci di sera, non mi restava altro da fare che raggiungere il luogo degli incontri clandestini.

Quando sono arrivata ho capito perché quello era il luogo perfetto per le gare che Evan organizzava; era certamente ampio, tanto che la montagna stessa era intersecata da una strada asfaltata molto ben curata e ben mantenuta che saliva fino in cima. L'accesso principale era dall'altra parte della montagna, ma per arrivarci avrei dovuto allontanarmi dal vicinato e fare tutto un giro largo, ci avrei messo troppo tempo. Invece se avessi tagliato la montagna salendo lungo il sentiero che partiva a pochi passi da casa mia, certo avrei dovuto arrampicarmi un po', ma sarei salita in un batter d'occhio. Ho iniziato a salire lentamente e posso dire che è stato più facile di quanto pensassi, anche se i miei pantaloni si erano riempiti di terra.

Una volta raggiunta la strada arrivare in cima avrebbe significato solo farmi un'altra passeggiata. Ero curiosa di vedere cosa c'era, perché da casa mia non era possibile visualizzarlo chiaramente.

Il vento era fresco, l'atmosfera rilassante, e mentre camminavo ho sentito una tranquillità che non provavo da molti giorni, così ho iniziato a salire più velocemente. Mentre camminavo non sentivo alcun rumore in giro, ero completamente sola e voltandomi a guardare verso destra ho potuto ammirare da una notevole altezza tutto il quartiere; era bellissimo, brillava in un vorticare di centinaia di luci. Questo mi ha aiutata a distrarmi ed eliminare i pensieri negativi per un po'. Non so quanto tempo ho passato su quella strada solitaria, con l'asfalto sotto i piedi a farmi da guida. Ma a un certo punto mi sono accorta che quella stava per finire. In cima c'era una piccola spianata, un appezzamento di terreno con un albero al centro, un albero enorme che poteva fare molta ombra quando il sole era al suo massimo splendore. E, a un lato dell'albero, c'era una panchina. Quando sono arrivata sorrisi vedendo quanto potesse essere bella la vista da lì, e il posto meraviglioso e rilassante che avevo trovato. Tuttavia, la mia prospettiva e la mia tranquillità sono svanite, perché due persone erano già sedute su quella panchina.

Erano molto vicine. Si può notare che due persone non sono amici ma qualcosa di più dal modo in cui interagiscono, infatti ho capito che stava succedendo qualcosa di strano. Avevo paura di allarmarli ma le mie scarpe non facevano alcun rumore, quindi potevo camminare e non avrebbero mai saputo che ero molto vicina. Analizzai quelle ombre e non avevo più dubbi, quelle sagome io le conoscevo perfettamente, conoscevo quella di chi era cresciuta con me, della persona che mi conosceva più di me stessa, più di mia madre, lei era lì. E vidi anche lui, vidi quell'ombra che, turbata, avevo visto per la prima volta sulle scale del liceo, quel profilo che avevo inciso nella mia memoria quando siamo andati al parco, al cinema, e poi al parco giochi. Non li vedevo da molti giorni, ci pensavo mentre le lacrime mi scorrevano sulle guance. Eppure, li ho ritrovati lì, proprio lì, più vicini che mai. Mi sono avvicinata lentamente e i miei piedi, i miei movimenti, facevano esattamente il loro gioco, perché mentre io mi spostavo piano, lo facevano anche loro, si avvicinavano l'un l'altro e le stesse labbra che hanno sfiorato le miei diverse settimane prima, le stesse labbra che mi hanno fatto conoscere l'amore, toccarono le labbra di lei, della persona che più amavo al mondo. Vedendo quel bacio materializzarsi, il mio cuore si fermò. Entrambi mi scoprirono, si alzarono e gridarono allo stesso tempo:

"CLARE, NO!"

CAPITOLO 9

La mia migliore amica, la stessa amica che era così eccitata di vedermi uscire con il nuovo ragazzo della classe, la stessa che mi ha fatto il favore di tirare i fili e pianificare tutto per farci conoscere; non avrei mai pensato che mi avrebbe tradita in quel modo. Né mi aspettavo quel trattamento da lui, da qualcuno come lui, qualcuno che vedevo come il ragazzo più speciale dopo moltissimo tempo. Mi sarei aspettata qualcosa di simile da parte di tutti ma non da loro, mai. Prima di vedere quel bacio, prima di sentirlo come un coltello nel cuore, ero infelice; ma poi, quando sono tornata a casa nel cuore della notte, in lacrime, mi resi conto di non essermi mai sentita così sola come quella stessa notte. Di certo non avrei dormito.

Chiusi la finestra e la porta della mia camera. Mia madre si era alzata chiedendomi se stessi bene ma io non le risposi, preferii farle credere che stavo dormendo, ma non era così, non dormivo, stavo molto peggio di quanto lei potesse immaginare. Ho abbracciato il mio cuscino e altre lacrime sono scese mentre rivivevo più e più volte la stessa scena, incapace di credere che non fosse un incubo, ma la verità.

Erano circa le 3 del mattino quando ho ricevuto un messaggio da Evan.

"Amore, mi dispiace, davvero, mi dispiace. Non merito di essere perdonato".

Ho anche ricevuto un messaggio da Katherine.

"Clare, per favore rispondi al mio messaggio, non è come sembra, quello che hai visto non significa nulla".

La mia tristezza si stava trasformando in rabbia e non avevo più voglia di parlare con nessuno di loro. Ho iniziato a sentirmi molto disgustata, come se entrambi fossero stati per me soltanto una grande perdita di tempo. Sì, mi sono detta che era stata solo una perdita di tempo andare al cinema, al picnic, al parco divertimenti, così come tutte le conversazioni che ho avuto con Katherine, le ore che abbiamo trascorso a parlare in quel giardino accanto a scuola, così come quei ricordi custoditi nelle fotografie che entrambe conservavamo. Mi alzai e ne cercai alcune, le guardai con disprezzo, le strappai e le buttai via. Alcune addirittura dalla finestra. Non volevo più vedere Katherine, non volevo più vedere Evan, non volevo più vedere nessuno dei due, mai più. Ero stufa, stanca, stanca dell'ipocrisia che entrambi avevano nei miei confronti. In quel momento tutto si unì nella mia testa, tutti i pezzi del puzzle calzarono perfettamente, avevo capito perché Katherine era sempre in ritardo, perché saltava così tante lezioni, avevo capito tutto... Mi stava facendo del male alle mie spalle, non le importava della nostra amicizia. Immagino che fosse gelosa di me, non lo so proprio. Tutto quello che potevo dire era che non amavo più nessuno dei due. Mi addormentai alle quattro del mattino.

***

La mia prima lezione era alle nove ed ero già in ritardo di un'ora. Quando sono arrivata in classe l'insegnante me lo ha fatto notare.

- Clare! Sei in ritardo, cosa ti è successo? Tu non sei mai in ritardo.

La mia tristezza si era trasformata in rabbia, risentimento, irritazione e fastidio.

- Ho guardato la tv per tutta la notte, ecco perché ho queste occhiaie. Lo so, ho un aspetto terribile. Davvero, mi scusi, professoressa, non succederà più.

Entrando in classe ho notato una cosa, per la prima volta dopo tanto tempo, Evan e Katherine erano in anticipo. Ma sapevo che non era proprio per la lezione. Era rimasto un solo posto a sedere di fronte a Katherine.

- Va bene, cara, vai a sederti.

- Grazie, professoressa.

Andai al mio posto e in quei pochi secondi, durante quella camminata dalla porta al banco, non osai mai guardare Katherine negli occhi, però potevo sentire il suo sguardo implorante addosso, preso dal bisogno convulso di darmi inutili spiegazioni. La professoressa continuò la sua lezione. Ma mentre parlava sentivo la voce di Katherine dietro di me, e le sue parole, la cadenza della sua voce, quella melodia irritante mi infastidiva profondamente. Non volevo girarmi perché sapevo che l'avrei insultata o avrei pianto per la rabbia che avevo ancora in corpo. Quando i suoi appelli divennero insopportabili, ho osato compiere un atto certamente puerile ma necessario: "Professoressa, può ripetere? Katherine mi distrae e io non riesco a sentirla".

Quella ovviamente si arrabbiò molto.

- Katherine, non vieni mai a lezione, non vieni nemmeno agli esami, ti stiamo dando delle opportunità di recuperare nonostante nessuno creda più alle tue scuse, e oggi che finalmente sei qui... non stai attenta e infastidisci Clare?

- Professoressa, mi dispiace, è solo...

- No, fai silenzio per favore, questa sarà l'ultima volta che ti riprendo, è chiaro?

- Sì, scusi.

Ho sorriso dentro, il mio macabro piano aveva avuto successo. Sentivo lo sguardo di Evan in lontananza dall'altra parte della stanza ma lui non riusciva a parlarmi. Tuttavia, quello sguardo era molto pesante, sembrava avere il potere di circondarmi.

Cominciai a temere il suono della campanella, sapevo che Katherine mi avrebbe costretta a parlarle, così come Evan, ma l'insegnante disse qualcosa che mi salvò la vita:

- Clare, non ho fretta di andare e questa lezione era molto importante. Rimani? Posso spiegarti quello che abbiamo visto mentre eri via. Il resto di voi può andare.

- Sì, lo apprezzerei molto, è gentile da parte sua.

L'insegnante sorrise. Anche Katherine ha provato a rimanere, Evan ha avuto l'impulso di fare lo stesso ma l'insegnante li ha costretti ad uscire dalla classe. Questo mi ha reso più felice di qualsiasi altra cosa, perché l'ansia che provavo in quel momento mi sopraffaceva e, conoscendomi, sapevo che non avrei reagito al meglio se Katherine ed Evan mi avessero messa all'angolo.

La lezione *extra* è stata molto utile, l'insegnante mi ha spiegato alcuni punti importanti che avrei dovuto studiare. Ho passato un'ora persino divertente però, alla fine, ho iniziato a temere di nuovo Evan e Katherine, perché probabilmente mi aspettavano fuori dal liceo per mettermi all'angolo e darmi spiegazioni che non ho mai chiesto loro. Così ho fatto qualcosa di rischioso, ma era l'unica cosa che mi avrebbe salvata.

- Professoressa, posso chiederle un favore? - Chiesi.

- Sì, naturalmente. Dimmi come posso aiutarti.

- Non mi sento molto bene oggi e ci sono troppe persone sull'autobus, a volte questo mi soffoca, potrei andare...

Ma non mi ha lasciato neppure continuare, mettendo fine all'idea che avevo in testa.

- Vuoi che ti riaccompagni a casa io, Clare?

- Io... - L'ho guardata con gli occhi spalancati e ho annuito.

- Certo, mia cara. Prendi le tue cose e andiamo, ho alcune commissioni da sbrigare.

Questo era il piano perfetto perché sapevo che né Evan né Katherine avrebbero osato parlarmi se fossi stata in compagnia dell'insegnante; non avrebbero corso questo rischio, soprattutto dopo quello che era successo durante la lezione. Camminammo verso il parcheggio, salii sulla sua auto e uscimmo verso la statale, la stessa strada che si perde tra le montagne. Ho guardato nello specchietto retrovisore e ho visto Katherine ed Evan che aspettavano l'autobus, entrambi mi guardavano, ansiosi che l'auto si fermasse e lo sportello si aprisse, desiderosi di vedermi correre verso di loro. Sorridevo maliziosamente, eppure... quella parte di me appena ferita piangeva ancora, sanguinava ancora, e l'incertezza dei giorni successivi mi stava lentamente divorando.

Ho smesso di guardare lo specchietto retrovisore e quando siamo usciti dall'autostrada principale mi sono concentrata sul panorama che avevo davanti e sulla conversazione con la prof, nel tentativo di dimenticare tutto quello che stava succedendo. Pochi minuti dopo, lei mi lasciò davanti all'entrata del mio quartiere, mi diressi a casa e senza dire a mia madre che ero arrivata, entrai in camera e mi sdraiai nel mio letto. Mi sentivo molto stanca, sia fisicamente che emotivamente.

Mi addormentai in pochi secondi.

CAPITOLO 10

Mi sono svegliata circa due ore dopo. E quand'è successo ero troppo carica, ho pensato che fosse meglio usare quell'energia per studiare di più, dato che avevo perso troppi giorni. La situazione che mi travolgeva non volevo portarla a galla, sebbene facesse parte del mio presente, la tenevo ai margini, come un cane rabbioso si tiene al guinzaglio. Avevo trascorso molti giorni tristi e non volevo più passarci sopra, non volevo perdere altro tempo della mia vita.

È importante notare che ciò che mi ha svegliata è stato l'odore della cena che mia madre ha lasciato vicino alla mia porta. Probabilmente l'ha aperta e mi ha visto dormire, e preoccupata che non mangiavo da diversi giorni, ha lasciato lì il piatto ed è tornata nella sua stanza a dormire. È stato molto premuroso da parte sua perché ero davvero affamata. Quando mi sono alzata dal letto ho visto un messaggio di Katherine al telefono.

"Clare, ho bisogno di parlarti".

Ignorai il messaggio, raccolsi il piatto e cominciai a divorare il riso e il pollo che c'erano dentro. Mi sono resa conto di aver passato diversi giorni senza mangiare bene perché il riso e il pollo erano più buoni del solito. Ho ricevuto altri messaggi da Katherine ma ho continuato a ignorarla. Non avevo davvero nessun desiderio o intenzione di parlare di nuovo con lei, per me il rapporto che avevamo era morto, così come ogni contatto con Evan. In quel momento, mi resi conto che Evan non mi aveva scritto. Anche se speravo proprio che non lo facesse per non doverlo affrontare, in realtà la cosa mi ha reso profondamente triste: fra noi era davvero finita. Quando le cose vengono fuori proprio come il nostro impulso e le emozioni istintive ci indicano, ne affrontiamo la consapevolezza sempre nel modo peggiore solo per un motivo: non era quello che volevamo, volevamo la storia felice, il lieto fine, ma no, non è mai così.

Ho lasciato la mia stanza e ho messo il piatto nel lavandino, non mi sono preoccupata di lavarlo perché non mi andava di fare niente. Volevo solo stare in un letto, sola. Dopo mezz'ora le mie idee erano più limpide, sentivo di aver capito tutto quello che la professoressa aveva spiegato durante il giorno e anche dopo la lezione. Quando ho chiuso il quaderno ho guardato attraverso la finestra e ho visto la montagna dove Evan faceva le corse illegali, mi sono accorta che c'erano un sacco di luci. Non mi aveva scritto per dirmi che ne avrebbe fatta una, pensavo che non l'avesse fatto perché sapeva che ero molto arrabbiata e che non volevo parlargli, ma questo era solo ciò che pensavo io, non ne avevo alcuna prova; e lentamente cominciavo ad accettare che in realtà si era dimenticato di me, così velocemente, così facilmente.

Tuttavia, ho notato che da quelle parti c'era troppo movimento e nel profondo ho sentito come una fitta; quella non sembrava una specie di festa. Per qualche motivo ho pensato che stesse succedendo qualcosa di brutto, qualcosa che non avrebbe portato gioia o denaro, qualcosa che probabilmente avrebbe portato solo guai. Mi sono sentita ridicola per essermi preoccupata per Evan. Pensavo che non meritasse più i miei pensieri, o qualsiasi altra cosa potessi dargli, eppure non riuscivo a scrollarmi di dosso la sensazione che stesse succedendo qualcosa di brutto. E con la lucidità che avevo in quel momento, quella sensazione divenne tangibile e molto più forte. Ho guardato la porta della mia stanza e ho pensato che mia madre non si sarebbe alzata fino al giorno dopo. Erano le undici e non avrei impiegato molto per raggiungere quel posto. Mi sono infilata le scarpe scendendo velocemente dalla finestra. Mentre saltavo sull'erba pensavo di fare qualcosa di sbagliato e che la cosa giusta fosse restare a casa, mi sentivo persino ridicola; mi prendevo cura di qualcuno che non sapeva come preoccuparsi di spezzarmi il cuore, di qualcuno che lo faceva senza alcuna pietà. Ma io stavo già correndo verso la montagna, i miei pensieri non potevano più fermarmi e la curiosità era più forte di qualsiasi altra cosa.

Una volta arrivata a pochi metri da lì ho visualizzato il sentiero che avevo percorso in quel tragico giorno. Ma, man mano che mi avvicinavo, vedevo qualcosa che non sarebbe mai stato cancellato dalla mia memoria, qualcosa che avevo visto solo in alcuni film e che, fin da bambina, non avevo mai capito completamente. Tutto dentro di me era scosso, i livelli di preoccupazione aumentavano come mai prima d'ora e la sensazione che stava per accadere una tragedia fatale e grave era fortissima e mi gridava: "Corri! Ha bisogno di te".

Ero perplessa, stordita, non sapevo come reagire, non sapevo cosa fare. Ho fatto qualche passo e allora l'ho visto, ho visto la macchina capovolta, distrutta, le ruote che giravano ancora e alcuni paramedici che stavano scendendo dalla montagna per aiutarlo, per aiutare colui che mi aveva spezzato il cuore, il nuovo ragazzo della classe, quello che mi aveva fatto sentire molto speciale soltanto baciandomi. Dentro la macchina capovolta e che forse stava per esplodere, c'era Evan, insanguinato e privo di sensi.

- Cosa è successo? - Ho chiesto a una donna che era in piedi accanto ai paramedici, una che era sempre con lui quando faceva queste gare.

- E tu chi sei? -

- Io... - Mi vergognavo a dirlo - Sono sua amica, voglio sapere cosa gli è successo.

- Beh... L'altro autista non si è presentato - Sapevo cosa stesse passando Evan, aveva bisogno di molti soldi per sua madre - Così ha deciso di guidare, di gareggiare anche lui... ma non è stata una buona idea.

Molte altre persone si sono affollate intorno mentre prendevano il corpo esanime di Evan e lo mettevano su una barella. Lo portarono rapidamente all'ospedale e una folla si fermò intorno alla macchina, spaventata dall'incidente che era accaduto a quel ragazzo, quel povero ragazzo che lo stava facendo solo con le migliori intenzioni.

In quel momento è arrivato un uomo alto in abito elegante, chiedendo: "Dov'è Evan?" Fu allora che capii, quando sentii quella voce, che era suo padre.

- L'hanno portato all'ospedale, signore.

Anche se ha provato a nasconderlo, ho potuto vedere la sua espressione preoccupata, è salito in macchina e si è precipitato in ospedale. E io ero lì, in piedi in mezzo a quella folla di sconosciuti, mentre tutti fissavano la macchina e la strada che l'ambulanza imboccava, spaventati, impauriti, incerti della sorte che Evan avrebbe avuto d'ora in poi. Si sentivano tutti in colpa nel profondo, perché questo genere di cose non dovrebbero mai accadere a un ragazzo così giovane.

D'altra parte, anch'io mi sentivo in colpa, sapendo che aveva bisogno di soldi per sua madre. Ho pensato che se era scomparso era perché aveva altre cose a cui pensare. Mi sentivo egoista perché pensavo addirittura che avrei dovuto essere al di sopra di sua madre. Quando ero nella mia stanza avevo ragione, avevo ragione a pensare che stava succedendo qualcosa di strano, che stava per accadere una tragedia, e così è stato.

- E hai sentito cos'è successo a sua madre? - Mi chiese Katherine fermandosi accanto a me.

- Che è successo a sua madre? - Risposi, aprendo gli occhi per la paura, anche se non volevo guardarla, neppure in quella circostanza.

- Beh, l'ultima volta che ho parlato con Evan mi ha detto che la sua situazione era diventata complicata, che aveva problemi ai reni e bisogno di un'operazione molto costosa. Così ha deciso di salire su quella macchina, anche se non era convinto...

Non l'ho fatta neppure finire di parlare, me ne sono andata subito a casa. Non stavo piangendo, ero solo molto preoccupata per lui e non sapevo davvero come assimilare quello che succedeva dentro di me, non sapevo come identificare le mie emozioni; era troppo da digerire. Mentre giravo l'angolo ho sentito la voce di Katherine che mi diceva: "Addio, Clare". Ma non ho ricambiato il saluto. Proprio quando ho svoltato l'angolo senza neppure guardarla in faccia, credo che allora abbia capito che era finita, per entrambe.

CAPITOLO 11

Quando arrivai a casa mi girarono in testa molte domande, avevo molto a cui pensare. Ero sorpresa di quanto lui ancora mi influenzasse. Pensavo davvero di aver lasciato andare Evan, che non mi importasse più, ma... eccomi lì, preoccupata per la sua salute. Preoccupata per la sua vita. Ero nella mia stanza a fare avanti e indietro e mi sono resa conto di alcune cose che, sebbene ora ne avessi le prove, erano molto difficili da accettare. Evan mi ignorava sì, ma era assente perché sua madre aveva delle complicazioni e io mi sentivo malissimo, mi sentivo malissimo di aver preteso di essere la sua principale preoccupazione. In quell'istante si dissipò gran parte di me, perché anch'io ero allarmata per sua madre; l'unica cosa che aveva al mondo era lei, perché suo padre lo odiava profondamente.

Sapevo in quale ospedale l'avevano portato, ci ero stata io stessa e adesso volevo tornarci. Ma non potevo andare a mezzanotte, non mi avrebbero fatto entrare neanche per vedere Evan. E la sola idea di vederlo e parlargli di nuovo mi ha fatto aumentare l'ansia e mi ha messo di nuovo a disagio. Ero lì nella mia stanza, pensando di vedere qualcuno col quale non avevo neppure il coraggio di parlare. Decisi di provare a dormire. Il giorno dopo avrei pensato a qualcosa per dissipare tutta l'angoscia che avevo. Quando sono andata a letto mi sentivo estremamente esausta, dovevo riposare. Prima di chiudere gli occhi ho osservato le orchidee che Evan mi aveva dato; nonostante tutto, io non le ho mai gettate via e loro sono rimaste intatte per tutto questo tempo.

Mi sono svegliata prima del solito. Avevo tutto il tempo per andare al liceo. Prima che mia madre se ne accorgesse, andai in bagno, feci una lunga doccia e mi preparai a uscire un'ora prima. Ho bussato alla porta della stanza di mia madre per dirle che me ne stavo andando. Lei non ha risposto, ma sentendomi uscire avrebbe capito che stavo andando a scuola, lei ci fa sempre caso, tuttavia questa volta i miei piani erano diversi. Non ho aspettato l'autobus, ho continuato a camminare verso la stazione della metropolitana per andare in ospedale. Dovevo vedere Evan e finalmente sapere cosa gli fosse successo, per poter fare qualcosa a riguardo e disperdere tutta l'angoscia e la tristezza che quella situazione mi aveva creato da settimane ormai, da quando ho iniziato a sospettare di Katherine, fino all'incidente.

Non sapevo se fosse la cosa giusta da fare. Malgrado ciò, nel profondo ero convinta che lo fosse, che fosse la cosa giusta, perché alla fine lui non era una persona cattiva; nonostante tutto quello che ha fatto, era comunque una persona con un cuore buono, e anche se non sento più lo stesso legame, c'è stato sicuramente un momento indimenticabile e ho conosciuto un sentimento che probabilmente non proverò per molto tempo. Tutti questi pensieri mi attraversavano la testa mentre mi dirigevo verso l'ospedale. Era molto tempo che non ci tornavo e pensai di essermi dimenticata la strada. Quando poi sono arrivata all'entrata ho visto qualcun altro uscire, qualcuno che conoscevo troppo bene, aveva un'espressione triste e timida. Lei mi guardò, ma questa volta era rassegnata, sapeva che non eravamo più migliori amiche, non saremmo più state migliori amiche. È stata l'ultima volta che ho visto Katherine.

Ho chiesto alla reception di Evan. All'inizio erano titubanti ma quando ho dato loro maggiori informazioni sull'incidente e gli ho detto di essere sua sorella, mi hanno indicato dov'era. Evan era fuori pericolo, ma sarebbe rimasto ricoverato almeno tre settimane. Salivo in ascensore, la mia ansia aumentava, i miei nervi erano tesi e le parole mi sparivano dalla testa. Il mio cuore batteva forte e desideravo in fondo non arrivare mai a destinazione, non sapevo come avrei reagito.

Sarebbe stata la prima volta che lo avrei rivisto dopo diverse settimane.

CAPITOLO 12

Le porte dell'ascensore si aprirono, camminai lentamente verso la porta con la scritta "5-D". Oltre quella porta c'era Evan. Feci qualche passo e mi fermai, gelida, perché due voci uscivano da quella stanza con un volume assordante.

- Quante volte ti ho detto che quel tipo di vita non fa per te? E ora lo stai facendo di nuovo? Da quanto tempo lo fai? Non sono stato abbastanza severo con te.

- Smettila di dire che ti sei mai preoccupato per me, non ti sei mai preoccupato per me, papà, mai. Siccome non ho mai voluto seguire la tua strada, mi hai sempre lasciato indietro. Non sono stato tuo figlio, ma un semplice estraneo che viveva nella tua stessa casa.

- Smettila di dire stronzate, Evan, lo sai che non è vero!

- Lo so benissimo invece che è così, lo so fin troppo bene, non ti sei mai preoccupato per me, figuriamoci per mia madre.

- Non osare parlare così di tua madre, Evan!

- Sto forse mentendo? Dimmi, rispondi a questo, dov'è lei? No, no, dimmi, e come sta?

Suo padre taceva, ma Evan continuava a parlare.

- Esattamente, non lo sai, papà, non lo sai perché non ti è mai importato, e sai perché non ti è mai importato? Perché lei voleva che io fossi felice!

- Non ha mai approvato quelle gare illegali e lo sai.

- Per una volta, ascoltami! Lei mi ha sostenuto come un figlio, non mi ha costretto a fare qualcosa che non sentivo mio; tu l'hai fatto, e aveva così paura di te che non ha osato dirti niente.

C'erano molti mormorii, altre voci si mescolarono, e l'ultima cosa che sentii prima che la porta si aprisse, e il padre di Evan mi vedesse, fu: "Signore, deve andarsene, il ragazzo non può vivere emozioni forti adesso".

La porta è stata lasciata aperta mentre il dottore portava via il padre. L'ho guardato scendere le scale, e mentre stavo ancora lì davanti, senza entrare nella stanza, Evan ed io ci siamo visti. Ci siamo rivisti dopo tanto tempo. Volevo tanto piangere in quel momento perché, nel profondo, mi mancava ancora. Ho iniziato a camminare verso di lui, mi ci sono seduta accanto. Evan era sulla barella, una delle sue gambe era ingessata e aveva molti tubi intorno a sé.

- Come ti senti? - Chiesi - Che cosa è successo?

- Ho una frattura alla gamba e una alla costola. Starò qui per un paio di settimane.

- Evan, ascoltami, devo dirti una cosa, io... Mi devo scusare perché...

In quel momento alzò la mano e mi chiuse le labbra con un dito. Si inchinò un po', anche se quel piccolo movimento fu doloroso per lui.

- No, Clare, ascoltami, questo... Me lo merito. Non sono una brava persona.

- Evan, non dire così, io...

- Fammi finire... non sono una brava persona e non lo sono mai stato. E quando sei arrivata tu mi sono sentito incline a cambiare, ho sentito che era il momento e ho avuto molta paura, Clare, avevo troppa paura di farlo, non mi sentivo pronto. Ho provato molte cose che non avevo mai provato prima, tu eri completamente diversa da tutte le persone che avevo conosciuto e in poco tempo mi hai mostrato ciò che contava davvero. Ma io, io ero immerso in una vita miserabile che non può essere perdonata. Mi sentivo così impotente perché cercavo di cambiare e non ci riuscivo. Quello che è successo quel giorno con Katherine è stato un mio errore, e mi dispiace molto, non volevo spezzarti il cuore. Mia madre si era aggravata, non riuscivo a sopportare tutto quello che c'era tra noi, avevo paura di affezionarmi di nuovo a qualcuno... di amare... qualcuno. E così sono caduto, sono caduto sotto impulsi che non avrei mai dovuto seguire. Non so davvero come ho potuto farlo, e neppure cosa mi sia successo in quei giorni e mi dispiace tanto perché ti ho persa, Clare, ti ho persa per sempre e non so se mi perdonerai mai.

- Evan, basta, io...

- No, non ti preoccupare, non me lo perdonerei nemmeno io. Mia madre sta peggiorando, e io ho aggravato ancora di più le cose per lei, non so come farò ad avere i soldi per pagare la sua operazione. E proprio quando sto per perderla, ho perso anche te, Clar...

Ma non gli ho permesso di continuare. Un impulso è emerso dalle mie viscere, è risalito lungo la mia spina dorsale e ha fatto sì che il mio corpo si abbassasse verso lui, verso le sue labbra... e allora l'ho baciato. L'ho baciato con tutta la passione che avevo dentro di me, con quella dei miei giorni tristi e di quelli felici, con tutto ciò che provavo per lui, e ho continuato ad assaporare la sua bocca per diversi secondi.

Mi guardò stupito, con una lacrima che gli scendeva sulla guancia e gli risposi quello che lui sperava di sentire, e quello che io non avevo potuto ammettere a me stessa nei giorni precedenti. Gli ho dato la risposta che entrambi aspettavamo.

- Evan, non mi hai persa, e non mi perderai...

Sorrise, e io mi chinai per baciarlo ancora una volta, così come i raggi del sole si erano chinati per intrufolarsi attraverso la finestra a illuminarci e far risorgere l'amore che realmente era nato in noi da quando ci incontrammo per la prima volta sulle scale del liceo, l'amore che non volevo finisse mai.

Fine primo volume...

Se questa storia ti è piaciuta, ricorda di lasciare una piccola recensione su Amazon :) Grazie!

Kate!

Printed in Great Britain
by Amazon

43561163R00073